# Mi Amor

# Mi Amor

## Sindo Pacheco

Ilustraciones

### daniela violi

www.eriginalbooks.com

Impreso en Estados Unidos – Printed in United States
Primera edición: 1998, Editorial Norma, Bogotá
Segunda edición: 1999, Editorial Norma, Bogotá
Tercera edición: 2000, Editorial Norma, Bogotá
Cuarta edición: 2009, Editorial Gente Nueva, La Habana
Quinda edición: Mayo 2012, Eriginal Books, Miami
Sexta edición: Julio 2012, Eriginal Books, Miami

ISBN-13: 978-1-61370-973-3
Library of Congress Catalog Card Number: 2012938973

# UNO

¡Arriba!, dijo la voz y me apreté contra la almohada. Cuando yo estoy durmiendo y escucho una voz que dice Arriba, inmediatamente me aprieto contra la almohada. Ese estado seminconciente, mediodormido y sonámbulo es el momento clave del día, el que te dice si éste será bueno o aburrido, porque según lo que sientas, puedes sacar tus conclusiones (a mí me gusta sacar conclusiones). Así que me apreté a la almohada, y respiré tan aturdido, tan fresquito en la sospecha del amanecer, que supe que tendría un día fenomenal, colmado de aventuras y de sorpresas… ¡Ricardo, dale!, volvió a decir mamá, y llegó la primera urraca. El De pie de mamá son tres urracas amarillas que entran a la casa, al cuarto, al mosquitero, abriendo todas las puertas, y cuando vienes a ver están metidas en el mismísimo sueño. A mí no me gusta interrumpir los sueños. Soñar es una de las mejores cosas que se ha inventado. De modo que intenté seguir el hilo de lo que iba soñando, del naufragio y todo eso, cuando llegó el otro pajarraco y ahí mismo se acabó la expedición, la travesía, y cuanto Dios creó, porque una está bien, pero quién ha visto dos urracas en el Océano Índico.

Entonces recibí un olorcito cálido y aromático. Yo no tomo café, pero me gusta ese olor. El café huele a mamá-está-en-la-cocina, y eso es lo mejor que puede ocurrirle a uno por la mañana, que mamá esté siempre en la cocina. Y ya estaba a medio vestir, poniéndome los zapatos y estirándome, cuando de pronto se apareció la tercera urraca, la mayor de todas, con las siete y media en su reloj de pulsera, y di un brinco en la cama porque soy un poco mentiroso y aún no me había levantado.

No es que sea tan mentiroso, sino que a veces, algunas veces, tengo demasiado sueño, y me pongo a soñar que estoy levantándome. Es como si me engañara yo mismo, palabra.

Cuando papá está en la casa el De pie es a las siete y no hay urracas que valgan. Papá se pasa la vida criticándolo todo. Criticar es un buen pretexto para introducir un tema de conversación. Si papá desea contarnos algo de cuando él era muchacho, y como nunca realizó aventuras interesantes, empieza a criticarlo todo para después asegurar que antes era distinto. ¡Quién ha visto a los hermanos discutiendo como perros y gatos!, que ellos eran catorce y jamás tuvieron ni un sí ni un no… Qué tipos. ¡Catorce hermanos! Una tripulación completa y ni una sola aventura que contar. Cuando yo tenga catorce hijos, nunca les diré que de muchacho no peleaba ni discutía. En primera porque no van a creérmelo; y en segunda, si me lo creen, pensarán que yo era un pobre desgraciado… Y papá sigue hablando tonterías de antes, que no hacía falta pedagogía, ni psicólogo, ni el copón divino (un día que esté de buen humor voy a preguntarle qué diablos es el copón ese), y que el psicólogo de ellos estuvo toda la vida colgado a un horcón de la cocina: era un gajo de guayabo de este gordo.

# DOS

Me tomé el vaso de leche sin penas ni glorias, cogí los libros y salí para la Secundaria.

A esta hora las calles parecen un hormiguero. Las hormigas grandes y cabezonas, que pasan montadas en carros o en motores o en bicicletas, no tienen tiempo de otra cosa que no sea piropear a las hormigas amarillas, que casi siempre andan con una hormiguita del brazo. Nosotros, que somos unas hormigas intermedias, incoloras e insípidas, pasamos inadvertidas. Estamos en una edad inadvertida. La Secundaria es para los tipos de edad inadvertida.

Lo mejor de la Secundaria es que tenemos muchos profesores, cada uno con su estilo, con su forma diferente de impartir las clases, y a veces uno puede pasar sin aburrirse; y lo peor de la Secundaria es que tenemos muchos profesores, cada uno con su estilo, con su forma diferente de vigilarnos el día entero. Con tantos profesores, lógicamente siempre hay alguno al que le caemos mal, pero esto también nos da cierta ventaja, porque naturalmente con tantos profesores siempre hay alguno que nos cae mal a nosotros.

Aquí a todo el mundo le gusta hacerse el chulo. En cuanto ven a una muchacha con las piernas gordas, empiezan a derretirse: ¡Qué clase jeba, ahí sí hay carne!, y un montón de boberías. Y todo por hacerse los tipos duros. A lo mejor un día se encuentran a una tipa así en un desierto y no le dicen ni pío. A mí no me ocurre eso. Cuando yo me enamoro, me pongo medio zonzo. A mí me gusta la muchacha que tenga la cara cómica, los ojos grandes, catastróficos. Y si además habla despacito, con elegancia, entonces sí me arrebato. Después ya no me importa si tiene o no las piernas gordas.

También en la Secundaria, así como en las becas, uno consigue algún amigo. La amistad es otra de las mejores cosas que se ha inventado, aparte de las aventuras y los barcos. Dice Ferna que nadie se da cuenta cuando tiene un amigo, que todo sucede poco a poco, como sin querer.

Yo lo conocí el año pasado en la beca, y no supe que era mi amigo, hasta que hace poco me preguntaron por él. Ese es mi amigo, dije, y me quedé loco: realmente no lo sabía. Ferna parece un tipo pesado, es uno de los tipos que más pesados parecen, pero luego que hablamos con él, la cosa cambia. Siempre hay tipos así, que aparentan lo que no son hasta que hablamos con ellos. La gente se conoce quien es por lo que habla. Si la humanidad fuera muda, fuera también desconocida. Aunque hay tipos como Charles Chaplin que no les

hizo falta hablar. Y qué películas hablan más que las de Charles Chaplin. En las películas de Charles Chaplin, uno siempre está riéndose, pero es una risa rara, rarísima, porque allá dentro, donde nace la gracia, aparece también una tristeza, y como unos deseos de llorar y de ser bueno… A mí me gustan las películas de tipos como Charles Chaplin.

Un día Ferna empezó a mentar a un tal Tom Sawyer y a otro Hucklebberry Finn. Eso fue en la beca, durante aquellos días que me enfermé de aburrimiento, que es la manera más tediosa que hay de enfermarse. Fíjate si es de madre, que casi nadie es capaz de comprenderte. Durante ese tiempo sólo toleras una actividad de cada tipo: Como asignatura: la Historia, siempre que sea esa de los griegos y Helena de Troya. Como deporte, el ping pong, porque es un juego bobo que entretiene bastante. Como películas, las de Charles Chaplin, y como aventuras todas las que se te ocurran porque ahí se rompe la regla. También comienzas a sentir que todos los días son iguales: levántate, desayuna, clases, almuerzo… Luego viene el dolorcito de cabeza, y la voz dulzona adentro de ti mismo que no se cansa de invitarte a fugar, a bañarte en los ríos, montar caballos, y todo lo que no sea la disciplina. Esa voz la sientes dentro de ti, pero realmente proviene de unas sirenas que hay en los ríos y en las arboledas de nísperos y los guayabales. A veces no te puedes aproximar mucho a las cercas porque la escuela está rodeada de sirenas. Esta situación puede durar hasta quince días. Finalmente, cuando decides fugarte, ya no solamente no resistes que los días sean iguales, sino tampoco que estés en al misma escuela, con la misma gente, que vengan los mismos profesores de la semana anterior a darte las mismas clases. Es desesperante. Estás a punto de contraer el Virus de la Fiebre Aburrida (V.F.A.), que termina por contagiar a los anticuerpos, y éstos se aburren de atacarlo. Ya entonces no hay aventura que te calme. Ni siquiera un naufragio en el Océano Índico…

Te decía que Ferna empezó a mentar a esa gente cuando caí en estado de coma y lo había contagiado. Nadie como Ferna para contar una historia. Te juro que allí mismo solté la raqueta de ping pong, y no descansé hasta leer esos libros y bañarme con Jim y Huck en el río Mississipi, y sentir el agua fría, y el ruido de los vapores, mientras las orillas del río se veían a los lejos con sus árboles oscuros y sus poblados y aserraderos mezclados en la sombra del atardecer. Yo nunca había leído un libro tan importante ni tan gordo. A mí me aburren todos los libros gordos. Todos menos esos de Mark Twain. Los libros pueden ser cualquier cosa siempre que no sean aburridos ni gordos. Leer un libro aburrido es peor que hacer una cola… Y a quién le gusta hacer colas… Si todos los libros fueran como los de Tom y Huck, yo me pasara los días estudiando matemática, y las bibliotecas no fueran tan silenciosas, incoloras e insípidas.

Una vez la profe nos recomendó que leyéramos un libro ahí de la selva, gordísimo, con unas letras chiquiticas, y ya iba como por la página veinte, y nadie se había fajado con un tigre, ni con una serpiente Cascabel. Cada vez que el tipo se encontraba a un tigre y pensabas que se iba a armar la gorda, seguías leyendo emocionado, a millón, casi loco ya, y decía el libro: ...el hombre y la bestia frente a frente, los ojos del uno clavados en el otro, todos los músculos en tensión..., pero el felino comenzó a retirarse lentamente... Yo nunca había visto felinos tan idiotas. Un libro así no hay quien se lo dispare. Además, no era cómico, ni tenía maldades, ni misterios, ni el copón divino.

El hombre que escribió los libros de Tom Sawyer y de Jim y Huck y de la tía Polly, fue un tipo buena gente. Si estuviera vivo, yo lo iba a conocer...

Toda la beca me la pasé con esos libros. Esa fue una de las buenas cosas de la beca. La otra fue que conocí a un amigo. Todos los días no se conoce a un amigo.

## TRES

Ya estaba llegando a la Secundaria, cuando tuve la impresión de que alguien me seguía. Sin embargo, en vez de mirar atrás, como uno de esos tipos cobardes, me limité a caminar media cuadra con cierta cautela, pero la maldita sensación no desaparecía. Esta sensación consiste en un erizamiento por la espalda, que llega y se va, llega y se va, como marcando los pasos del perseguidor. Después el erizamiento puede subirle a uno hasta la nuca, junto al nacimiento del pelo, y algunas veces te afecta la parte derecha de la cara. Yo disminuí el paso, y avancé sigilosamente, bastante atento a todos los detalles, crucé la esquina sin volverme ni fijarme si venían carros ni un carajo, pero seguía con el maldito cosquilleo. Por último di cuatro saltos con los pies juntos, bien juntos, y los puños listos, que es lo mejor que hay para esos casos, y nada, compadre. Entonces no me quedó otro remedio y me volví rápido, enérgico, mediante un pequeño salto mortal, pensando sorprender al perseguidor y arrebatarle los puñales y desarmarlo, y me encuentro con un perrito de un color que no era ni negro ni carmelita ni amarillo ni azul, aunque tenía su propio color. A mí nunca me había caído atrás un perro, a no ser para morderme. Lo azoré como cien veces, pero el muy porfiado no quería entender. Hasta que cogí genio y le fui para arriba (cuando yo cojo genio no creo en nadie), y oye, se volvió un león, una fiera gruñendo y mostrándome los dientes. Yo no tuve miedo, pero me detuve para evitar un problema (a mí me gusta evitar problemas), y seguí para la Secundaria.

Entonces fue cuando apuré el paso, un poco preocupado, casi al cruzar la puerta, y vi un moñito rubio, y unos ojos catastróficos y llenos de inundaciones.

Imagínate. Di una especie de resbalón con el pie izquierdo, y en un segundo se me fueron al piso los libros, y luego el reloj, y un botón de la camisa, y los pensamientos y los instintos. Seguramente se trataba de alguna alumna nueva, súper nueva, acabadita de llegar. Me acordé que una vez en la Terminal de Santa Clara había visto unos ojos similares y también se me cayó el maletín, pero ya iba montado en la guagua y no pude seguirlos. Otra vez en Guanabo, estábamos de vacaciones y yo venía con una jaba de pan y un litro de leche, cuando tropecé con dos ojos del mismo color. De más está decir que todo fue al suelo. Me quedé tieso, pasmado como una estatua. Después llegué a la conclusión de que hasta los pensamientos se me habían caído. La muchacha se dio cuenta que había sido culpa suya, o mejor dicho, de sus ojos, y me alcanzó la jaba. Yo miré para otra parte, no fuera a ser que se me cayera de nuevo, mientras ella, con un pañuelo, me iba secando las salpicaduras de leche del pantalón. A mí nunca me había ocurrido algo tan fenomenal. No hay nada más fenomenal que una muchacha cortés, siempre que tenga aquellos ojos. No supe qué decirle, y me alegré. De no habérseme caído los pensamientos, seguramente me hubiera puesto a balbucir cualquier tontería como un excelentísimo estúpido. Sin embargo hice peor, y me incliné y le eché mano al primer pensamiento que pude, y que casualmente era el mismo que hubiera pensado, y me recomendó que huyera (el pobre estaba más nervioso que yo). Salí de allí disparado, sin decirle nada, ni hablar, sin preguntarle si deseaba ser amiga de este caballero, ni el copón divino. Todas las vacaciones me las pasé yendo a la esquina, pero ella desapareció. Tampoco había visto más ese tipo de ojos hasta ahora que solté los libros, y volví a quedarme en vilo, en la nada, en la luna de Valencia, que es una luna bastante deshabitada y distraída, mientras el moñito rubio y los ojos del color de las catástrofes siguieron como si nada, tumbando medio mundo escaleras arriba hasta que entraron al aula del grupo B.

Yo la seguí porque era inevitable, y era septiembre, y brillante y limpia la mañana. Y además porque allí mismo era mi grado y mi aula y mi pupitre. Si fuéramos Tom Sawyer y Bekis Tacher, me gustaría pararme de manos y recoger todas las flores que ella quisiera.

De pronto entró la profe de Español, gorda como ayer, con sus dichosos espejuelos. Con ellos puede ver a través de los objetos, realizar curvas con la vista, subir, bajar, izquierda, derecha, a ver Ricardo, déme acá esos libros, y quitarme los libros de Tom y Huck, y ponerse echa una fiera. Sobre todo cuando se trata de un libro. No hay nada más incompatible que el Español y la Literatura. Y si no, qué diablos tendrán que ver los gerundios con Ulises o con Helena de Troya… A lo mejor esta profe se graduó con la ayuda desinteresada de sus espejuelos, dando ojo a diestra y siniestra (antes pasaba de todo). Si yo tuviera unos espejuelos así, además de coger cien en todas las pruebas convirtiéndome en tremendo excelentísimo, y de volver a leer los libros de Tom Sawyer mientras ella habla de gramática, además de eso, me gustaría mirar bien de cerca a esa muchacha nueva sin que ella se diera cuenta. Miraría su pelo ensortijado y pelusiento, su cara comiquísima, y sus manos flaquitas y sinceras. Finalmente miraría adentro de sus ojos, para desde allí verme luego a mí mismo a ver si no se me caían los espejuelos…

La profe ya iba a pasar la lista cuando puso cara de descubrí-algo.

—¡Y eso qué cosa es…!

Como lo dijo mirando hacia el final, todos volvimos la cabeza. Imagínate. En el último asiento, como un alumno más, estaba el perrito que me había seguido.

—¿De quién es ese perro…? ¡Azórenlo de aquí!

La gente le fue arriba, pero no había forma de agarrarlo. Cada vez que alguien se le acercaba, se ponía a gruñir. De pronto Mariano Jesusón lo cogió por el lomo, con todo y su gruñido, y sin importarle la gritería de las muchachitas, le dio una patada como si el pobre fuera un balón de fútbol. El perrito se elevó por el aire, casi hasta el techo, y cayó medio vencido, sin fuerzas ni para quejarse. Entonces todo el mundo —incluyendo los miedosos— empezaron a patearlo. Cuando alguien está medio vencido, los miedosos son quienes primero se aprovechan. Pobre perrito. Se puso a aullar de lo más triste y dolorido. En el fondo no era más que un infeliz. A veces los infelices tienen que hacerse pasar por guapos. Sin embargo no se fue del aula. Más bien vino a mi lado, mansito, caminando con mucha dificultad, y me miró de una forma como pidiéndome ayuda. A mí nunca me habían pedido ayuda y me dio sentimiento.

—¿Es suyo ese perro, Ricardo? —preguntó la gorda de lo más despreciativa.

—Mío y suyo —le dije, pero enseguida lo acaricié para que viera que era mío solo, y me lo llevé del aula.

Y como no era grande ni bajito, ni gordo ni flaco ni mocho, ni tenía tampoco un color determinado; y como además no le pegaban esos nombres de Campeón, Tigre, Pantera por ser un tanto miedoso e indefenso, no tuve más remedio que ponerle simplemente Cobarde.

Yo pensé que se había afligido por lo que le había hecho la gorda. No le hagas caso, le dije para consolarlo, y le expliqué que ella era más desgraciada que él. Pero inmediatamente supe que no me creía ni media palabra, y para convencerlo empecé diciéndole que los gordos eran gente curiosa.

Casi todo el mundo tiene algún gordo en la familia (o fuera de la familia), le dije, o entre los amigos o fuera de los amigos, lo que no significa que sea un enemigo. De modo que no es conveniente afirmar que los gordos que no son mis amigos, son mis enemigos, sino más bien que los gordos que no son mis enemigos, son mis amigos. Porque para qué echarse un gordo de enemigo.

Imagínate. Cuando llegué a este punto, noté que Cobarde estaba algo confundido, y sospeché que tendría que desarrollar el tema completo. Entonces le aseguré que los gordos eran curiosos porque eran especiales; aunque no siempre lo especial tuviera algo que ver con lo curioso. Mira, le dije mientras lo acariciaba, curioso puede ser un gordo esmerado de esos que siempre forran los libros con cartulina, y cuyas libretas están al día y llenas de márgenes en colores, y nunca se olvidan de poner la fecha y la asignatura y el asunto, ¿entiendes? Esos son los especiales. Pero curioso también puede ser un gordo de esos otros que se pasan la vida metidos en lo que nos les importa y dando opiniones por todas partes. Como andan metidos en todo, son gordos metódicos. A veces, curiosamente, el gordo especial y el gordo metódico son el mismo gordo…

Aquí me pareció que el pobre había captado algo porque sacó una lengua larguísima y flaca, y me miró absorto, con unos ojos amarillos. Si vieras cuán profundos y cuán llenos de interés. Yo continué de lo más embullado.

Sin embargo hay que reconocer que los gordos tienen una gracia rara para expresarse y hacer amistades, y algunos son hasta medio jaraneros. También les encanta tener perros, pececitos, jaulas con canarios y tomeguines. Y no porque quieran proteger a los animales, sino porque sienten necesidad de alimentarlos, por lo que son caritativos y pequeño- burgueses. Eso para que no pienses que yo tengo algo contra los gor…

En ese momento me interrumpí al ver que Cobarde estaba mirándome desconcertado. Seguramente pensaba que si los gordos eran caritativos y tan buena gente con los animales, entonces por qué diablos la gorda lo había despreciado de esa manera tan pública… Después de todo me dio risa verlo tan confundido. Y para redondear mi explicación le aseguré que esas características eran para los gordos en sentido general, pero cuando sucedía que un gordo, o específicamente una gorda, si además de gorda, que ya era bastante, era profesora de Español, carirredonda, y con unos espejuelos belicosos, la pobre sufría un aforismo africano en las cuerdas vocales y en algunas consonantes, y todos los factores se invertían alterándose el producto. El orden de los factores sí alteraba el producto. De modo que ya no se trataba de una gorda curiosa y especial, sino hipodérmica y plana, algo despreciativa e irritable, ¿se daba cuenta...? Era una gorda inconforme que deseaba cambiar su figura por sobre todas las cosas, y se pasaba la vida volando almuerzos y desayunos y haciendo ejercicios donde no la veían para que nadie supiera que no quería estar gorda. Por tanto, ese tipo de gorda profesora de Español no soporta otro animal a no ser las cotorras y los papagayos, ya que los pobres, no sólo siempre están de acuerdo con ella, sino que todo el tiempo están repitiendo sus palabras.

Así terminé mi exposición. Y cuando miré a Cobarde de lo más emocionado, con el orgullo ese de saber que al fin me había entendido, me lo encuentro por allá por casa del diablo, como si nada, lambuceando un dulce viejísimo, como de cien años. Qué genio me dio compadre. Es verdad que a los perros no se les puede explicar nada. Me dieron ganas de castigarlo, pero enseguida recapacité. Le hice ver que aquel dulce estaba malo, pero no con explicaciones, sino con un empujoncito y cuatro cocotazos.

# CUATRO

Al fin Cobarde decidió esperarme en el patio, y ya en el aula me dispuse a buscar a la muchacha nueva, mientras la gorda pasaba la lista y yo iba escuchando a ver cómo se llamaba. Sin embargo primero tomé asiento, y me aseguré de no tener nada encima que pudiera caérseme. Cuando di con ella, se me cayeron los párpados y un empaste medio flojo (los empastes medio flojos siempre están locos por caerse). Luego me sobrepuse y comencé a voltearme lentamente, bien concentrado, con la vista fija y una cara de tipo más fenomenal que Billy el niño. Pero no tuve tiempo ni de pensar. Ella disparó primero, y de una sola mirada me tumbó los párpados y el revólver, al mismo tiempo que la profe decía María Virginia, y antes de que ella dijera presente supe que era su nombre porque se fueron al diablo los libros de Tom y Huck. Y cuando me incliné a recogerlos, se me cayó el pupitre junto a los libros. Y cuando fui a levantar el pupitre un poco turbado, me caí yo junto al pupitre y los libros, y me puse más rojo que el triángulo de la bandera.

—A ver, Ricardo, déme acá esos libros —dijo la profe de lo más insinuante, incolora e insípida—. Tal parece que estás muy nervioso.

Imagínate. Decir eso después de haber dicho María Virginia. Ella lo hizo para que me diera más nerviosismo estar nervioso; pero rápidamente me puse a pensar en Helena de Troya y me calmé los nervios. (Cuando yo quiero olvidar algo, o calmarme los nervios o excitármelos, me pongo a pensar en Helena de Troya). Luego me sujeté el párpado derecho, y me volví hacia María Virginia, bien decidido, pensando en su voz tan especial, tan como si nada que parecía ser la mismísima Helena. Cuando me vio, me aguanté más fuerte aún el párpado derecho, pero se me cerró el izquierdo. Por lo que en lugar de ser el príncipe Paris, debí parecer un maldito pirata del Caribe, rayos y truenos, y no le agradó en nada esa expresión. El pirata vio que hizo un gesto de molestia. El gesto fue lindo, pero estaba tan fea en sentido general, que el viejo marino, acostumbrado y todo a la rudeza y a los rigores y avatares de la vida, no pudo seguir mirándola y cerró el ojo al tiempo que la gorda aseguraba que debía darnos vergüenza a estas alturas no saber distinguir un sustantivo de un adjetivo, que aquéllos nombraban, y éstos ca-li-fi-can. Y ya nunca olvidaré que los profesores son unos dichosos adjetivos que se pasan la vida calificando, dándole regular a los regulares, bien a los buenos y mal a los malos. Aunque si somos regulares, buenos y malos, ya estamos calificados.

La profe siguió con su perorata. Y cuando nos pusimos

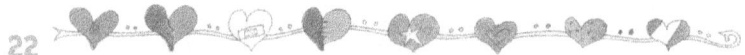

indisciplinados —porque como somos el grupo más indisciplinado del mundo, siempre ocurre que nos ponemos indisciplinados—, la gorda se enardeció tanto que de un tirón se quitó los espejuelos. Y ella, que sin espejuelos no se fija bien en lo que dice, nos dedicó cuatro verbos consecutivos. Y no conforme con eso nos soltó cuatro gerundios, cuatro artículos, cuatro participios, nueve preposiciones, y como dieciocho adjetivos y predicados y formas gramaticales. El copón divino no lo dijo porque la pobre no habla en lenguaje figurado, sino más bien en lenguaje desfigurado, incoloro e insípido. Y cuando ella se impulsa de esa manera, casi siempre sucede el timbre, que es lo único que nos salva.

Así que sonó el timbre, altísimo, en medio de dos infinitivos, y entró la Hipotenusa con sus cálculos y triángulos rectángulos. Fue Silvio quien le puso ese nombrete. Y a los jimaguas le puso Catetos. Y ahora se cumple bien el teorema de Pitágoras porque la profe al cuadrado es igual a la suma al cuadrado de los jimaguas. Este Silvio tiene gracia para los nombretes. Ésa es otra de las buenas cosas que se ha inventado: los nombretes. La vida sin nombretes sería demasiado solemne. Un día Mariano trataba de meter cabeza en la cola de la merienda, cuando Silvio le dijo, dándole un empujoncito: ¡Échate para allá, Jesusón! Para qué fue aquello. Casi nos morimos de la risa, que es la manera más cómica que hay de morirse. A nadie le importó lo que quería decir esa palabra, pero miramos a Mariano y nos dimos cuenta que era eso mismo: un Jesusón. Los nombretes son así: regionalistas. Fíjate, que él también se dio cuenta que lo habían retratado, y la cosa se puso tan fea, que tuvimos que intervenir. Por poco se arma la gorda. Desde entonces Mariano y Silvio no se hablan. Y aunque nadie lo dice delante de él, el Jesusón no se lo quita ni quedándose tuerto: le dirían Jesusón el tuerto, o el tuerto de Jesusón. A Silvio por su parte le dicen nada menos que Trompetilla, que es el nombrete más sonoro que hay, y que él mismo se buscó la vez que nos juntamos cuatro o cinco a ver cuál era el más mal malhablado que decía la más mala mala palabra. Imagínate. Se formó tremenda discusión por el primer lugar. Mariano Jesusón sostenía que era suyo porque Pinga no solamente era la mala palabra más usada, sino también la que primero acudía a la memoria. Pero Ferna no estuvo de acuerdo ya que era una palabra femenina. Ella, la pinga, era femenina. Jesusón se defendió alegando que también se le llamaba Pene, él, el pene, que era bien masculino. Y ahí mismo perdió legal porque pene no es una mala palabra, sino una palabra científica. A veces las palabras científicas y las malas palabras quieren decir lo mismo. En ese momento saltó Bemba para aprovecharse y declaró que había ganado él, que entonces había ganado él, porque Cojones, los cojones, además de masculinos y de ser dos, uno más uno, eran una mala palabra encojonada, pero Mariano Jesusón que ya estaba irritado, le dijo que ni pinga, que en definitiva Cojones no era una mala palabra tan mala sino más bien dos bolitas ahí forradas de pellejo, en cuyos ocultos laberintos se fabricaban los espermatozoides, que daban lugar a una vida, a los hijos del alma.

Yo me callé la boca y no dije el nombre de unos pelitos ahí, que tampoco podían aspirar al primer premio. Nadie dijo malas palabras con los órganos de la mujer porque como somos machistas-leninistas, sabíamos que estaban descalificadas. Y también, porque —de haberla conocido— a mí me hubiera dado una lástima de madre pensar en María Virginia, tan flaquita y tan sincera, con tantas malas palabras en su cuerpo; pensar que por muy bien que se vistiera la pobre, y mucho perfume que se untara, me hubiera dado lástima pensar que llevara en su cuerpo unas cuantas malas palabras de las cuales no tenía la más mínima culpa.

De modo que nos pusimos a buscar otras candidatas, y oye, cuando parecía que ya no quedaba ninguna, y todo el mundo estábamos en primer lugar, saltó Silvio con su Trompetilla y se llevó el premio. Sin embargo se ganó también el nombrete, el más ruidoso de los nombretes…

La Hipo seguía con su clase de monomios y binomios y polinomios y cuarenta mil nomios. Tú la ves siempre con el luego entonces: si a y b son no sé cuánto, luego entonces no sé qué. Si el lado ab es paralelo al cd, y éste a su vez es perpendicular al lado opuesto y suplementario de la bisectriz del ángulo y la base del pentágono irregular y el copón divino, luego entonces…

Si mi abuela tuviera ruedas y catalina y manubrio y sillín y cadena, y si además no estuviera ponchada, ni bajita de aire, luego entonces yo no vendría a pie e la escuela.

Al fin terminó el turno mientras la mitad del grupo estábamos dormidos, luego entonces cabeceando, o mirando ese otro mundo que está más allá de las persianas.

# CINCO

Entonces entró Geografía, con un bulto de mapas y planisferios. Esta clase me gusta un poco porque casi nunca se habla de lo mismo. Y cada vez que se menciona algún sitio, casi siempre nos muestran la fotografía. Una vez le toca al río Ural o a los Montes Urales, otra al Himalaya, al río Zambeze (las dos veces con zeta) o a las cataratas de Iguazú. También en Geografía de Sexto dimos los cometas y las galaxias y las nebulosas. Y en el espacio hay unos huecos negros que no tienen fin. Esta profe no se conforma con la clase, sino que además nos cuenta historias como ésa de que hasta hace poco nadie había podido ascender el Monte Everest. Ella dice la palabra ascender muy bonito. Es como Migdalia, la profe de Historia que yo tenía en la beca. Las dos hablan bonito, se parecen en la forma de hablar. No es que las palabras sean lindas o feas, sino que se ponen lindas cuando ellas las pronuncia así, como si estuviera haciéndonos algún regalo. A mí Migdalia me caía muy bien. No porque fuera de un pueblo chiquito igual que yo; ella me caía bien porque no era regionalista. Las profesoras de Historia casi nunca son regionalistas. Seguramente saben que por eso los mambises perdieron la primera guerra. Si en las becas hubiera muchas profesoras de Historia, no habría tantos problemas de regionalismo. Porque esa es otra de las cosas que tienen las becas: el regionalismo. Desde que uno se acuesta la primera noche, estallan las discusiones: todo el mundo gritando, fajándose por los pueblos donde viven como si fuera un asunto de vida o muerte: que si Santa Clara, que si Cienfuegos, que si Placetas, que si Cumanayagua. Los albergues se ponen de madre. Me acuerdo que una noche la discusión estaba en su punto. Yo no podía dormirme tirado en la litera, cuando un tipo de esos de Santa Clara me dijo:

"¿Y tú de dónde diablos eres, que estás tan callado…?"

Seguramente pensó que yo era un miedoso o algo.

"De Cabaiguán…"

"¿De dónde?"

"Cabaiguán."

"Eh, caballeros, oigan, éste es de Cabaiguán, ja, ja."

Qué rabia me dio, compadre. Porque una cosa es llegar haciéndose el chulo por vivir en una ciudad importante, y otra es permitir que un guanajo de aquellos se ría del pueblo de uno. Pero el tipo continuó:

"Oye, guajiro, ¿cuántas casas hay en Cabaiguán…?"

"Allá no hay casas, sino bajareques", dijo uno por allá con la voz finita; y la mitad del albergue estalló en risotadas.

Yo estaba que no me quería, palabra. Y el tipo de Santa Clara sin callarse:

"Guajiro, ¿en qué mapa viene tu pueblo?"

Y el mismo de la voz finita:

"En el mapa de su madre."

Seguramente no tenía valor para hablar frente a frente. Cuando la gente no tiene valor para hablar frente a frente, utilizan la vocecita esa de jeba arrepentida.

Yo, por si acaso, empecé a medir al tipo de Santa Clara. Era más grande que yo, pero lo estaba midiendo. Cada vez que un tipo grandullón de esos viene a coger mangos bajitos conmigo, enseguida lo mido y lo mido. "Con tal que diga otra cosa, le voy a partir la cara", pensé. Pero me adelanté a mí mismo. Yo casi siempre me adelanta a mí mismo. A veces hasta respiro un momento antes de respirar. El asunto fue que desde que el tipo abrió la boca —a lo mejor iba a hablar de otro tema—, le metí un trompón en la frente que lo dejé loco. Imagínate. Enseguida me volví un ciclón.

La gente había formado un coro alrededor nuestro.

"¡Dale José Luis, rómpele un ojo al guajiro ese!"

Casi todo el mundo estaba de parte suya. Eso parece que le

dio un poco de valentía, y en un intercambio sentí un golpecito ahí en la frente, encima de la ceja, y quedé medio ciego. El golpe me había cortado la ceja contra el hueso, y el párpado me cubrió un ojo. ¡Qué manera de echar sangre! Pero yo estaba en candela y no sentía nada. El tipo de Santa Clara iba para atrás y para atrás. Lo tenía liquidado, palabra. Tuvo suerte que en aquel momento se acercara el profesor de guardia (los profesores de guardia siempre se acercan cuando uno está ganando la pelea). Todo el mundo se tiró rápidamente en su litera, y yo fui al baño a lavarme el ojo. El profesor se llevó tremendo susto con mi herida. No quería creer que me había caído haciendo la parada de manos.

Desde entonces la gente empezó a respetarme. Me decían Cabaiguán para acá y Cabaiguán para allá. Y yo iba para allá y venía para acá como si fuera un rey, porque eso sí me cayó bien, tú ves. Cuando uno se halla lejos, le gusta mucho escuchar el nombre de su pueblo.

Aunque lo más curioso del caso fue que al llegar a Cabaiguán el sábado siguiente, y contarle a mis socios del pueblo la historia de la herida, empezaron a burlarse. Hallaban ilógico que alguien se fajara por un pueblo tan basura, donde no daban una fiesta, ni había donde tomarse un refresco. ¡Qué estúpidos...! No les conté más nada, para qué. Estas cosas no las sabe sino el que ha vivido fuera de su pueblo. Mi pueblo es especial, así basura y todo es especial. A mí pueden taparme los ojos y llevarme por el país y por el mundo, y estoy seguro de saber cuando llegue a él, a su basura de Parque, a su Paseo...

La profe empezó de pronto a hacer preguntas. Ella siempre hace preguntas cuando termina la clase. Esta profe se ve que tampoco es regionalista. Se le ve en la cara.

Un día le pregunté por el río Mississippi, que fue por donde navegaron Jim y Huck, y lo buscamos en el mapa. Y le pregunté por la isla de Jackson y me dijo una cosa que no me gustó, pero yo la perdoné porque no lo hizo adrede. Me dijo que la isla de Jackson no era muy importante, por eso no venía en el mapa. (Le pasaba lo mismo que a Cabaiguán). Y me mostró a Groenlandia, a Japón, las Filipinas; pero para decirte la verdad no le creí ni media palabra. Yo sé que fue culpa del gracioso que hizo el mapa. Donde quiera que hay un gracioso lo ponen a hacer mapas...

Cuando sonó el receso no tenía hambre. Yo estaba ansioso porque llegara, para hablar con María Virginia y eso. Pero no hago más que comprar el dulce de la merienda, cuando la veo con un grupo de muchachitas, todas con el pelo largo, larguísimo, los ojos casi grandes, los dientes afuera, y unas lenguas de cotorronas, perpendiculares, y me puse mal. A mí esas tropas me ponen mal. Y lo peor fue que ella me clavó la vista en aquel momento, y se me cayó el dulce en pleno pasillo, para que aquella tropa empezara a reírse, así como así, de una cosa que no tenía la más mínima gracia. Aunque María Virginia estaba sorprendida, como diciéndose: quién será este tipo que me mira de esa forma, y que luego se le cae todo de las manos. Me gustaría tanto hablar con él. Pero entonces llegó Cobarde, y se comió mi dulce como si nada, sin ningún tipo de complejos, y para que todos vieran quiénes éramos nosotros, inmediatamente Cobarde y yo fuimos hasta la cantina, y nos comimos otro dulce sin pensar en María Virginia, total…

# SEIS

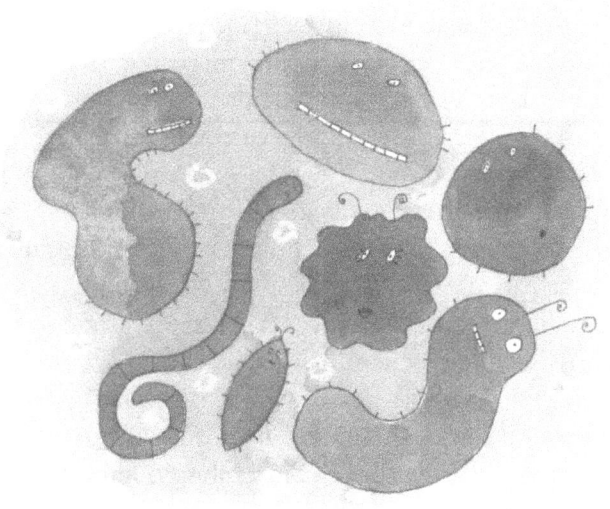

Las clases de Biología suelen ser después del receso. Después del receso, si uno no decide escaparse, por lo menos refresca un poco con el Paramecio y sus demás bichos inútiles. Otras veces toca Español o Laboral, y entonces uno decide fugarse. En ese caso puedes ir a varios lugares como son el salón de limpiabotas subiendo por el parque, o ir al Paseo a respirar en paz la sombra de los laureles, y luego entonces ir al salón de limpiabotas bajando por el cine para saber la película que va. Antes no había salón de limpiabotas, pero un buen día recogieron a todos los viejitos náufragos que limpiaban zapatos por las esquinas, y los juntaron en el salón, y les pusieron sillones nuevecitos y sueldo fijo y todo. Sin embargo ellos dicen que antes era mejor porque son un poco malagradecidos, y les encantaba eso de ser viejitos náufragos. Viejitos que tienen mal genio. Viejitos diciéndose nombretes el día entero. Y como los pobres son gente sin familia ni nadie que hable de ellos a mí me gusta ir allí y me gusta hablar de los viejitos.

En fin, el asunto fue que hoy no me fugué, y estoy aquí con Paramecio. Lleva un mes soltándonos cada palabrita: zilioz, unizelularez, vacuolaz digeztivaz (porque habla así, con la ceta). Una vez se apareció con un microscopio y una bata blanca como Luis Pasteur, para demostrarnos cómo los paramezioz eran capazez de reaczionar ante ziertoz eztímuloz. Oye esto. Colocó una gota de agua en el Portaobjeto, y uno a uno fuimos viendo los Paramecios. Luego echó unos granitos de azúcar en la gota de agua, y lógicamente los animalitos se amontonaron de lo más golosos: Conclusión: reaccionaban (él también es muy concluyente. Siempre está con eso de conclusión). Después, cuando le echó sal, los pobres Paramecios salieron tan disparados que les faltó poco para abandonar la gota de agua y salir volando por la ventana. No digo yo. Eso lo hace hasta un bobo. Sin embargo había que ver la cara de Paramecio: le brillaban los ojos como si hubiera descubierto el cañón del Colorado. Cuántos Paramecios no habría en el río Mississipi, y jamás vi que mencionaran a ninguno.

Todo el tiempo se lo pasó hablando de cilios y de vacuolas, y de la enorme importancia de los protozoos. Cuando se entere que le decimos Paramecio, seguramente se sentirá orgulloso de un apodo tan importante.

—A ver, Aleida Zantoz: un ejemplo de animalez unizelularez.

—La ameba.

—Muy bien. Uzted Juan Jozé, otro ejemplo para concluir.

—No sé, profe.

—¡Cómo que no zabe! Dígame el nombre del que maz ze ha eztudiado.

No se daba cuenta que a Juan José le subían y le bajaban los colores porque no quería decirlo, mientras todos estábamos a la expectativa, y siguió insistiendo hasta que el pobre no tuvo más remedio:

—El Paramecio profe.

Pero así, sin coma, que es lo mismo que decir el profe Paramecio. Y el aula entera se vino abajo. Todos queríamos aguantar la risa, pero desde que se disparaba alguno... Era una situación contagiosa. Y cuando parecía que ya todo estaba en calma, empezó uno por allá con un ja ja sonoro y brusco que daba más risa todavía. Estábamos en el mundo de la cosquilla. Hacíamos un silencio pequeñito esperando que alguien no pudiera contenerse y se lanzara primero. Luego estallaba el aula completa. Había risas de todos los matices. La mayoría nos reíamos con la A: ja ja; pero por la izquierda había un grupito que usaba la E: je je; y la mayoría de las muchachitas, que para darse importancia y hacerse las débiles, preferían la I. Imagínate qué concierto. Y si agregamos en medio de ese despelote el vozarrón de Mariano Jesusón, que para parecer más masculino, se reía con una O redonda como una pelota. Paramecio llamó al director y más difícil se puso la cosa. Ni con el ministro se arreglaba aquello. Ya nos reíamos de no poder aguantar la risa. El director, en lugar de aprovecharse y reír junto a nosotros, demostrando buena camaradería, nos echó la misma descarga del día anterior, que somos el grupo más indisciplinado de América Latina y el Caribe, y que nunca vamos a saber lo que es la disciplina. Siempre está con la disciplina en la boca. Antes, cuando uno hacía las cosas bien, era un alumno aplicado. Ahora todo se vuelve disciplina. No sé quién diablos habrá inventado esa palabra. La disciplina es aquello que permite que mucha gente haga lo que dicen pocos. Así por ejemplo, un profesor solo dice: pueden sentarse, y todos nosotros, por disciplina, nos sentamos. Luego dice: pónganse de pie, y hacemos lo mismo. Eso es disciplina. Ahora bien: Si nosotros que somos muchos, la mayoría, nos reímos sin que al profe le guste, enseguida manda a buscar al director porque eso ya no es disciplina aunque sea la risa más sana y más buena gente del mundo.

Además, he visto que las mismas palabras, con el mismo significado y todo, no siempre quieren decir lo mismo. Una vez mamá estaba hablando de mí; y para elogiarme, y que la gente viera lo dichosa que era ella al tener un hijo como yo, decía que yo era muy estudioso y muy interesado, por lo que ser interesado me aportó cierta alegría. Otra vez, sin embargo, me mandó a buscar el petróleo a la bodega, y cuando le dije que tenía que darme cinco pesos, mamá se enfureció porque yo era un oportunista y un interesado. Esa vez ser interesado me aportó cierta cantidad de dinero. Por tanto no es lo mismo ser interesado que ser interesado. Y cuando estés triste o sin dinero o las dos cosas, no tienes más que ponerte interesado.

El director seguía hablando cada vez más rápido, dando puñetazos en el buró, pero la risa continuaba. Venía el silencio, y no hacíamos más que vernos las caras, y volvía la risa. El ese momento Paramecio rectificó su actitud personalista, y con una carcajada rara y nerviosa con la letra O (joz joz joz), como si riera para adentro, se unió a nosotros. Eso parece que irritó aún más al director, y ordenó que le llamaran urgente al director municipal. Nosotros seguimos de lo más embullados con la incorporación de Paramecio, hasta que al poco rato llegó el otro director en un carro verde. Usaba espejuelos de esos de cristales gordos, súper gordos, y sus ojos se veían chiquitos por allá por casa del diablo, como a un kilómetro de la cara. Sin embargo era un tipo solidario. Cuando vio aquella situación de despelote general, en lugar de echarnos otra descarga, inmediatamente nos aportó su risa, que era especial y metálica de tanto tiempo que llevaba el pobre sin reírse. Aquí sucedió una cosa extraña, extrañísima, y todos al mismo tiempo nos callamos. Era tanto el silencio, que al hombre le dio más risa todavía. Y como tenía los ojos chiquitos, de tanto reírse se le fueron achicando y achicando, hasta que se quedó casi ciego y el director tuvo que llevarlo al hospital. Entonces se produjo un murmullo largo, como de luto, y quedamos en paz.

Y cuando ya estábamos recogiendo los libros, pensando que no había más clases pues el Histórico estaba enfermo, entró al aula una muchacha con un arito de luz en la cabeza, como los santos, y me quedé loco. Porque para enamorarse de una profesora tiene que ser una suplente y llegar así, como por casualidad, como un regalo. No voy a explicarte lo que dijo y lo que no dijo, porque eso más o menos lo hacen todas, ni que tenía una dulzura así o unos ojos asaos. Pero desde que entró al aula y la vi, y la miré de cerca, y vi que me miraba, fue como si me hubiera cogido la corriente. Ella hablando de los egipcios y los faraones, y yo más tieso que una momia siguiéndola con la vista.

Y cuando mentó Roma, pensé en Italia y en lo felices que éramos ella y yo contemplando la torre de Pisa.

Y cuando dijo los griegos no pude resistir más y el príncipe Paris la rapté, burlándome de Agamenón y del maldito Ulises.

Y cuando sonó el timbre y todo el mundo se fue porque era el último turno, escapé de las murallas de Troya y llegué a su lado de náufrago solitario y mal herido y le pregunté quién diablos era ella.

Y cuando me dijo profe de Historia yo me di cuenta que era la esposa del Menelao ese, tan incoloro y tan insípido, y le dije soy el príncipe Paris que viene a raptarte, y le declaré mi amor advirtiéndole que debía aceptarme según la leyenda.

Y cuando sonrió pensando en una broma, le mostré mis heridas y mis ropas hechas jirones y se me aguaron los ojos para que viera que la cosa era en serio, pero no dijo nada de que el mar había destruido mi apariencia pero no mis modales.

Y cuando le dije no te ofendas, pero verdad que eres muy linda y muy…, se puso brava, mala cara, y por poco se me cae el corazón del desaliento.

Y cuando le dije que la quería de verdad a pesar de todos los obstáculos, me dijo que estaba bueno ya.

Y cuando no tuvo otro remedio, porque siempre ocurre que no hay otro remedio, se puso más linda que Afrodita, pero de la soberbia, y me arrastró a la Dirección de tal suerte que todo el mundo tenía que ver con aquella pareja que iba por los pasillos, los dos bajo un arito de luz.

Y cuando Júpiter, que ya había venido del hospital, me ordenó que le pidiera disculpas, tan fresco como soy, le pregunté si él nunca se había enamorado, tan Dios como era.

Y cuando escuchó esto (seguramente los Dioses no se enamoran), me levantó un acta y me insultó estremeciendo todo el Olimpo y me expulsó de la escuela.

Y cuando le aseguré que habría que expulsarme de este mundo, me miró sorprendido.

Y cuando repetí que la quería de verdad, y que estaba resuelto a llevármela a Troya a pesar de todo, de Ulises y su caballo, y del mismísimo copón divino, me trajeron un vaso de agua y Minerva volvió a matricularme.

Y cuando dije que no tenía sed, y que el vaso de agua no venía en la leyenda, me subieron a un carro que tampoco venía en la leyenda para ensañarse conmigo.

Y cuando llegamos al hospital totalmente fuera de libreto y de lógica, la doctora preguntó. Ricardo Armas, dije. Preguntó que mi padre también se llama así. Qué rayos le importará que tengo dos hermanas ni que vine a firmar la paz con los griegos. Pero preguntó sin gracia, sin dulzura así. Y empezó a cogerme la corriente de nuevo. Y yo también pregunté: se llama Ana. Seguí preguntando: sí, soltera. Y se dio cuenta que soy un tipo normal, excelentísimo señor, que no sólo responde sus preguntas, sino que también pregunta sus respuestas. Y me hizo salir y llamó al director y a Helena de Troya y les dijo que yo no había naufragado, ni era ningún príncipe Paris, sino más bien un troyano loco, desajustado y demente, con más de quince tablones bajo el agua, y que ellos debían sobrellevarme, y un grupito de sandeces. Yo sé que la doctora lo hizo para ayudarme, porque entre ella, Helena y yo, no hay secretos.

—Perdone profe —le dije cuando salió con su arito de luz, pensando que me daría pena.

Y no me dio pena decirlo, pero luego me subieron los colores y la luz solar, y Helena me acaricia: No ha pasado nada, me dijo. La pobre, no sabía que yo estoy llorando por eso precisamente, porque no ha pasado nada, y ella volverá a los brazos del Menelao ese. ¡Qué difícil es el mundo…! Y nos fuimos a almorzar.

# SIETE

Mamá me echó un pleito del diablo porque había llegado tarde y un día iba a acabar con ella. Como si llegar atrasado fuera lo más terrible del mundo. Cuando yo llego a tiempo es porque no me ha ocurrido ninguna aventura por el camino, ni siquiera el más pequeño incidente. ¿Y acaso hay algo más terrible…?

No obstante le dije que no se preocupara, que había ido a dar una vuelta con Helena de Troya.

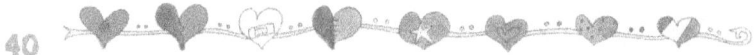

—Ya estás con tus boberías. No se puede hablar en serio contigo —dijo, y me sirvió el almuerzo (arroz, frijoles, huevos, tomates), así, sin penas ni glorias.

Antes en la casa era distinto. Se ponía la mesa con su mantel blanquísimo y estirado, y comíamos todos juntos, mamá, papá, Susana y yo, porque Vivian no hacía otra cosa que embarrarse. El humo salía de las fuentes para luego unirse en el centro de la mesa y subir como un tallito que iba creciendo. Finalmente se abría sobre nuestras cabezas. Era lindo comer debajo de aquella sombrilla. Se podían hacer chistes y todo. Mamá encendía el radio bajito, y siempre tocaban unas melodías suavecitas y sonsas, y no sabía que era feliz. ¡Qué apetito me daban aquellas comidas musicales! Esa es otra de las buenas cosas que se ha inventado: las Comidas Musicales. Yo miraba hacia el patio, la mata de almendras, a través del portalón, en aquellas horas en que la tarde iba cayendo, y nunca supe que mi casa estaba en el centro del mundo, de frente a las estrellas, y teníamos vista al cielo y sonrisa a la Tierra y a la gente. Luego, y como donde únicos nos reuníamos la familia era en la mesa, mamá aprovechaba la ocasión para enterar a papá de nuestras últimas fechorías. Imagínate. Papá, que jamás tuvo ni un sí ni un no con sus trece hermanos, se enfurecía repartiendo amenazas, y las Comidas Musicales fueron dando paso a las Comidas Pendencieras, mientras nuestra casa se iba desplazando, y perdíamos la vista al cielo y la sonrisa y la gracia. Y como ya nadie quería sentarse juntos a la mesa, terminaron apareciendo estas comidas sin penas ni glorias, que son las formas de comer más tristes que se han inventado. Ahora cada cual come solo. El humo es un infeliz tallito inadvertido, el radio hace una bulla molestísima, y hay que tratar por todos los medios que la gente pueda hablar en serio con uno. Y si por casualidad un día te animas (siempre hay un día en que te animas), y hablas de comer todos otra vez debajo de la sombrilla, y pones el radio aun que sea bajito, es porque ya eres un muchacho insoportable que va a saber lo que es bueno cuando te lleve el Servicio Militar (aquí la palabra bueno quiere decir malo: no me gusta esa forma de hablar). Y todavía quieren hacerme un chequeo porque he perdido el apetito. Pobre gente. Ellos son quienes debían tratarse a ver si mamá no anda más con el pelo asustado de gorriones, ni papá con esos dolores de cabeza, perpendiculares y agrios, que le quitan los deseos de hablar. Ahora papá y mamá son especialistas en conversaciones breves: sí, no, está bien, correcto, okay; pero pronunciado en un tono de no-me-ha-bles-más, que me da espanto.

—¿Y ese perro? —se asombró mamá.

Allí estaba Cobarde, agitado, con la lengua afuera. De un brinco caí a su lado. Seguramente me había seguido hasta el hospital y todo.

—Es mío —dije, y empecé a acariciarlo.

Para qué fue aquello. Mamá se puso como nunca la había visto, eso era lo único que me faltaba: ¡un perro!, que le botara (me botas) a ese perro ahora mismo, y me le lavara (te me lavas) las manos. Soy incorregible, insoportable, y ahora sí estoy a punto de acabar con ella. Imagínate. No hubo que botar a Cobarde. Salió corriendo ante aquella cantaleta. Sabía que todo era por él, y no quiso buscarme problemas. O a lo mejor ya lo habían botado de otras casas. Yo le caí atrás y vi que se sentó a esperarme afuera. Le di un pedazo de pan y enseguida perdió el mal humor: los perros no se ofenden con nada.

# OCHO

Por la tarde tocaba Educación Física. Antes yo practicaba pelota. Pero me fui el día que descubrí que tenía un chino montado. Porque ese asunto del chino es otra historia.

Resulta que yo siempre había sido un tipo fatal, pero normalmente fatal, como todos los que nacemos con mala

suerte. Yo nací un martes trece a la misma hora que los rebeldes cortaron la electricidad y mientras se efectuaba el cambio de turno. Tuvieron que nacerme mediante unos ganchitos ahí, que se llaman forceps, y a la luz de una vela; con lo cual, además de nacer un minuto antes de nacer, lograron hacerme esta marca en la cabeza. Dice mamá que la partera se apuró demasiado por causa de un dolor de muelas que la tenía loca. Lo único bueno (porque todas las cosas por muy malas que sean siempre tienen algo bueno) fue que mamá y la partera se consolaban entre sí con sus respectivos dolores.

Pero primeramente, para que yo naciera, debieron suceder las casualidades más casualidades de la historia. Eso, para que no vayas a pensar que yo vine al mundo así como así. Voy a partir de mis cuatro abuelos, y verás el trabajo que me ha costado nacer.

Mi abuelo por parte de padre, que viene siendo mi abuelo paterno, estaba casado con Doña Juana no sé qué (antes se usaba eso de Don y Doña). Tenían una finca en Pinar del Río. Vivían de lo más felices comiendo perdices hasta que un día llegó el aviso de que su hermano de Galicia, había recibido un cañonazo en la Guerra Civil Española —que fue una guerra que hubo donde no había militares sino civiles matándose por todos lados—, y Filiberto Márquez, que así se llamaba mi abuelo, preparó sus equipajes y se fue una mañana. Cuando llegó a España, ya su hermano estaba en La Gloria, pero gracias a ese viaje conoció en Madrid, junto a un lugar que le decían La Puerta del Sol, a una jovencita llamada Benigna Armas. Se miraron, se hablaron, se enamoraron, y lógicamente se acostaron para que pudiera nacer mi padre nueve meses después cuando mi abuelo ya ni se acordaba de España.

Posteriormente mi abuela y Filibertico, mi padre, arribaron de polizontes a Cuba —que es la mejor forma de llegar a cualquier sitio—, con la esperanza de que el viejo cumpliera su promesa de matrimonio. ¡Qué ingenuidad! Mi familia es así: una mitad demasiado lista y la otra súper estúpida. Mi abuelo no sólo se negó a casarse con mi abuela, sino que tampoco reconoció a mi padre ni le dio el apellido ni un carajo. Finalmente mi abuela se casó con Juan para que mi padre tuviera los trece hermanos que nunca tuvieron ni un sí ni un no.

Mi otra abuela, Anastacia, que nació en Canarias, estaba enamorada de un piloto francés ahí, cuando quince días antes de la boda, el pobre se precipitó en el Océano Índico. Lo único que apareció, por suerte, fue su cofre personal conteniendo varias cartas de amor que el muy pillo intercambiaba con dos filipinas y una brasileña de Río de Janeiro. Mi abuela, que jamás se hubiera casado, sintió tal humillación con aquellas cartas, según me cuenta, que al poco tiempo, ya en Cuba, aceptó por esposo a mi abuelo Gualterio. Éste a su vez había nacido porque hallándose su madre de tránsito entre Camagüey y Sancti Spiritus, fue asaltada por un enmascarado violador de doncellas y salteador de caminos —entonces no había Carretera Central—, quien se la llevó al río y luego se fue encabronado, diciéndole a todo el mundo que él pensaba que mi abuela era mozuela, pero que tenía marido. De ese asalto nació mi abuelo. La gente, que conoció la historia, terminó llamándolo Gualterio Salteador.

Anastacia y Gualterio se casaron y tuvieron a mi madre dos meses antes de que el pobre de mi abuelo, que era desmochador, se cayera de una palma.

Ahora bien: Mi padre vivía en Pinar del Río, que viene siendo Vueltabajo, y mi madre en Camagüey. Para que pudieran conocerse, fue necesario que mi padre viniera a Cabaiguán a un asunto de vegas de tabaco, y a mi madre tuvo que morírsele un pariente de Canarias en el preciso momento en que abuela Anastacia sufría un catarro muy fuerte, para que la enviaran a ella con el pésame. Esto todavía no es casualidad. Pero si te digo que se bajaron en la estación al mismo tiempo, se miraron al mismo tiempo, y se quedaron a vivir el mismo tiempo, qué me dices entonces…

Luego por suerte para mí, mi madre abortó su primer hijo, y yo ocupé su puesto tres meses después. De lo contrario, la barriga de mi madre hubiera estado ocupada por mi hermano.

Todo eso hubo de pasar para que este que veis aquí, de rostro aguileño, viniera al mundo. Eso sin contar las cosas que a su vez debieron ocurrir para el nacimiento de mis ocho bisabuelos y de sus respectivos dieciséis padres y treinta y dos abuelos.

De modo que debo estar agradecido de la Guerra Civil Española.

De la buena puntería del artillero que liquidó a mi tío, sin lo cual mi abuelo no hubiera ido a España a conocer a mi abuela.

Del desastre del piloto francés.

De la bendita manía de violador de doncellas que practicaba mi bisabuelo desconocido y enmascarado.

De la oportuna muerte del pariente de Canarias.

Del virus que atacó a mi abuela Anastacia para que mi madre viniera a Cabaiguán con el pésame.

Finalmente debo dar gracias a la providencia por el aborto de mi madre, y porque todas esas personas lograran sobrevivir y alcanzar la madurez a pesar de tantas plagas y enfermedades, accidentes, ciclones, duelos, terremotos, naufragios, y hasta dos guerras mundiales.

Y con todo el trabajo que me ha costado nacer, todavía hay quienes no soportan que uno sea indisciplinado. Y lo más curioso es que toda la gente de mi grupo ha podido nacer luego de historias parecidas. Por eso somos el grupo más indisciplinado de América Latina. Y el pobre director es incapaz de perdonarnos. Figúrate: él también tiene su historia.

Ya que conoces estos antecedentes, para seguirte el cuento del chino, te diré que de chiquito me hicieron daño todas las leches, todas las aguas, y fui creciendo entre altas e ingresos y cucharadas de bicomplex. Fíjate si era fatal, que dicen que lo único que me gustaba era el aceite de hígado de bacalao.

Ahora bien, no sólo eran problemas de salud. Luego vinieron los trompos, las bolas, los deportes, y fui adquiriendo esta fama de fatal. Los socios se reían de mí, y gozaban con mi fatalidad. Al principio me ofendía, me ponía de madre, pero luego hasta yo mismo empecé a divertirme. No hay risa más saludable que reírse de uno mismo, palabra.

Con todo, creo que hubiera hecho una vida normal de no ser por el maldito chino. Porque un chino montado es la última categoría de la mala suerte, de la fatalidad, el colmo de la salación.

No puedo asegurar cuándo diablos fue. Seguramente los chinos esos se montan cuando están las condiciones creadas igual que una Revolución. Pero debió ser durante las vacaciones aquellas que tuve una racha de pocos amigos: la bicicleta se me ponchó como quince veces. Con el último ponche fui al suelo y terminé con diez puntos en la cabeza. Al otro día, cuando iba a curarme la herida, el taxi chocó y me partí los dos brazos. Y para colmo, me dieron las Varicelas, el Sarampión y las Rubeolas al mismo tiempo.

Sin embargo no me di cuenta del chino hasta el día que batié

el jonrón con las bases llenas. Ya iba llegando a segunda base de lo más emocionado —yo nunca había bateado un jonrón—, la gente gritando, enloquecida, cuando viene el árbitro a decir que había Tiempo. Allí tuve la primera certeza de la existencia del chino. Se formó la chiveta, la discusión, pero no me quedó más remedio que batear de nuevo, y lógicamente me ponché. Esa vez nadie se burló de mi fatalidad. La gente comprendió que lo mío debía ser grande y me miraron compasivamente, que es una forma miserable de mirar a uno, porque de la lástima para allá, no hay más nada, palabra.

Pero no me acobardé. Al contrario. Me retiré de la pelota y me propuse no descansar un segundo hasta liquidar al maldito chino.

Primeramente traté de averiguar cómo era (al enemigo hay que conocerlo), y súbitamente levantaba la vista hacia arriba, lo mismo de día que a media noche cuando me despertaba, pero el chino siempre estaba alerta. Los chinos casi siempre están alertas.

Después ya no me interesó cómo era el muy oportunista, y a cada rato, cuando menos lo pensaba el chino, o cuando menos pensaba yo que el chino lo pensaba —estos chinos del diablo siempre la están pensando—, estiraba las manos hacia arriba lo más rápido posible, pero nunca pude atraparlo.

Fui a ver a un tipo ahí, que era curandero, y ni con eso. Me tiró unas barajas y unos rezos, pero yo sentía la risita del chino encima de mi cabeza.

Hasta que me cansé de perseguirlo. Todavía no sé cómo fue eso porque yo no me cansaba tan fácilmente. Sin embargo fue lo mejor que hice: olvidarme del chino, ignorarlo, hacer mi vida y buscarme una novia aunque también tuviera otro chino montado o lo que fuera. ¿Y sabes por qué fue lo mejor que hice? (yo eso no lo sabía). Porque los chinos montados no soportan que los ignoren. Si algún día se te monta un chino, ignóralo. La ignorancia mata a los pueblos y acaba con los chinos montados. Fíjate que últimamente parece que ya no podía vivir y hasta se dejaba ver y todo por tal de llamar la atención. Yo sabía que era un chino chiquito, más chiquito que yo, peliparao y jodedor, y donde quiera que lo agarrara lo iba a sonar.

La última gracia me la hizo el año pasado en una fiestecita. Me acuerdo que estaba mirando a una muchacha, chinita ella —yo siempre estoy mirando a las muchachas chinitas como si fuera un mirachinas—. Si vieras qué ojos, qué pelo más engrifado, que manera de mirarme igual que en la películas. Y aunque no tenía los ojos catastróficos, sino más bien medio dormidos y náufragos, te juro que nos gustamos de entrada y sonreímos al mismo tiempo como par de bobos. Y quién te dice que cuando voy a invitarla a bailar —ya ni me acordaba del chino—, el muy desgraciado se apareció no sé por dónde y vino a atravesarse entre la muchacha y yo. Imagínate. Allí mismo lo cogí por el cuello para hacerlo tierra, y oye, chiquito y todo, tuve que ponerme duro, qué manera de tirar patadas. Los chinos se fajan tirando patadas como loco, o como potros salvajes, qué sé yo. Esa es la forma de fajarse más rara que se ha inventado.

El asunto fue que nos separaron y eso; y cuando alzo la cabeza, veo que el chino se iba de brazos con la chinita. Yo estaba de madre, irritado y pico, en candela vaya, pero al mismo tiempo me sentí aliviado: ¡al fin me había librado del chino…! La primera prueba fue que al día siguiente amanecí campana, sin huellas de la bronca y con una alegría rara de vivir. Entonces me puse a pensar bien. Porque sin el chino arriba quién me dice que no podía pensar bien. Me puse a pensar y a lo mejor la chinita a quien vacilaba era al chino y no a mí.

Después dejaron de ocurrirme cosas fatales, pero para que veas lo que es uno, empecé a sentirme mal. Porque si todas las cosas malas siempre tienen algo bueno, las buenas tienen también su parte mala. Y lo malo fue eso, que empecé a sentirme mal... Yo creo que es peor estar solo que mal acompañado. Si uno se quedara solo sobre la tierra, es preferible tener de compañía al mismísimo diablo. Ya me había acostumbrado al maldito chino. El chino, con su fatalidad y todo me acompañaba, me vigilaba. Éramos dos: el chino y yo. Y de pronto me había quedado solo que es la peor forma de quedarse, totalmente solo, como si se me hubiera montado otro chino, ¡qué te parece...! Si llega a ser ahora, me hago socio de él, me lo gano de alguna forma, comiendo verduras o haciendo algo que le guste a los chinos. Y cuando tenga un pleito, quién lo aguanta tirando patadas...

# NUEVE

Hicimos la Educación Física. Allí estaban los profesores de deportes captando gente. A Felipe lo captaron para voleibol. A los catetos los tienen en Pesas y se van a quedar enanos. Para ajedrez se llevaron a Luisa y a Pepín porque clasifican entre los más cabezones del aula. Qué mal me caen las captaciones. Desde quinto nos vienen escogiendo. A Maritza Pérez se la llevaron para una escuela de ballet, que son esas gentes flacas que bailan en la punta del dedo gordo, así como por el aire, con el culo afuera y moviendo los brazos como si fueran a volar. Julián está en la EIDE porque tenía las piernas largas y buen tamaño. No me gusta esa separación. Uno mira hacia atrás y se acuerda de ellos. Mejor sería dejar que cada cual haga lo que quiera. Tal vez hay alguien que desea ser cantante aunque tenga las piernas largas. A María Virginia nadie la captará. Ella y yo seguiremos siendo incaptables, que es la mejor forma de seguir siendo, y el resto del mundo no va a importarnos.

La Educación Física es aburrida en sentido general, pero tiene algunas cosas buenas como por ejemplo que uno aprende a contar distinto. Si estás haciendo ejercicios y contando, verás que después del tres, casi nunca viene el cuatro: Manos arriba, piernas separadas: flexión lateral del tronco, comenzando y… Uno, dos, tres, uno; uno, dos, tres, dos; uno, dos tres, tres…

Esa es la forma de contar más rara que se ha inventado.

Los profesores se pasan la vida con el lío de que nosotros no aplicamos los conocimientos.

Una vez estaba el congelador lleno de refrescos, mamá no había venido del trabajo, y yo sentí deseos de aplicar los conocimientos, teniendo en cuenta que estaba muerto de la sed, y me disparé uno, dos, tres, uno; y uno, dos, tres, dos refrescos.

Luego mamá se puso molestísima porque me había tomado no sé cuántos refrescos. No hubo forma de hacerle entender que solamente me había tomado dos refrescos. La pobre no sabe nada sobre estas nuevas formas de contar. Debían darle Educación Física en su trabajo, o por lo menos, refrescos.

Ya estábamos poniéndonos la ropa, cuando se produjo un incidente. Resulta que a María Virginia se le cayó un peso y Mariano Jesusón se negó a recogerlo, demostrando que no es un caballero.

María Virginia fue a ver al profesor.

—Profe, castigue a Mariano, que no quiere alcanzarme el peso para ir a comerme un helado Turquino.

—No puedo. Ya concluyó la clase —le dijo, como si la clase tuviera algo que ver con la gentileza.

Yo seguí a María Virginia que fue adonde la subdirectora.

—Subdirectora, regañe al profe, que no quiso castigar a Mariano, que no quiere alcanzarme el peso para ir a comerme un helado Turquino.

—No puedo —dijo la mujer. Y le explicó que la cortesía debía ser espontánea y voluntariosa, y nunca impuesta.

Y María Virginia no tuvo más remedio que ir a la Dirección.

—Director, expulse a la subdirectora, que no quiso regañar al profe, que no quiso castigar a Mariano, que no quiere alcanzarme el peso para ir a comerme un helado Turquino.

—No puedo —dijo el director, indiferente como un avestruz.

Hasta que la pobre vino a verme a mí de lo más preocupada.

—Amigo Sol…

Pero yo no la dejé terminar.

—Con mucho gusto.

Y al momento toqué a la Dirección:

—Voy a quemarte todos esos papeles si no atiendes a María Virginia —dije, con una voz de ultratumba, mejor dicho, de cielo abierto que daba espanto.

El director me miró extrañado, con los mismos ojos de Júpiter con que me había mirado por la mañana, pero rápidamente se recuperó (los directores se recuperan rápidamente).

—¡Quién eres tú, mocoso! —preguntó algo arrogante, altanero y prepotente.

Hay que ser ignorante para decirle mocoso al astro rey. Me dieron ganas de achicharrarlo allí mismo; pero como el pobre no se daba cuanta con quién estaba hablando, lo dejé en paz. Cuando tú eres el Sol, y alguien no se da cuenta, lo mejor es dejarlo en paz.

Así que fui adonde la subdirectora. Ésta tampoco me reconoció (el mundo está lleno de ignorantes); y ante tanta necedad, me vi obligado a cambiar la táctica y le dije al profesor de Educación Física.

—Profe, le doy cinco pesos si Mariano le recoge el peso a María Virginia.

Al profesor le encantó el jueguito, y para demostrarme de lo que era capaz con su poder de persuasión, llamó a Mariano:

—O le alcanzas el peso a esa niña, o te mancho el expediente.

Imagínate. Decirle eso a Marino Jesusón…

Y cuando María Virginia, que no es ignorante y sí muy bien agradecida se me acercó a darme las gracias, no solamente las acepté, sino que la invité a comer helados Turquino.

## DIEZ

Ella aceptó mi invitación, pero después que volviéramos del campismo.

—¿De qué campismo?

Para qué fue aquello. Me enteré que soy un desenterado que nunca se entera de nada, que no trae mochila ni cantimplora, pero que no importaba porque ella traía agua para los dos.

Así que todo el grupo salimos para la loma de Belén, de Belén nos vamos. Yo iba junto a María Virginia por si sentía sed, mientras Cobarde nos seguía de lo más campechano. Era mi mejor oportunidad para realizar alguna hazaña, y demostrar de una vez que María Virginia podía mirarme cuanto quisiera, que no iba a caérseme más nada, palabra. Ya me había tumbado como veinte cosas, desde los libros y los párpados hasta un botón de la camisa y el peine, pasando por dos mochos de lápiz y el dulce de la merienda. Había que ponerle fin a todo aquello.

La loma de Belén es como todas las lomas que sean de Belén, con unas malezas rubias quemadas por el sol y con varios arbustos que de lejos parecen verrugas verdes. Tiene algunas cuevas, la mayor de las cuales sirve apenas para cuatro exploradores. Sin embargo ahora todo se mantenía pintado por la primavera, y había flores y mariposas, y un sol de madre, que picaba como si fueran las doce del día.

Estuvimos un rato sentados en la hierba, a la sombra de los arbustos, visitamos las cuevas y las demás boberías, y ya veníamos de regreso, pensando yo que no iba a poder hacer ninguna hazaña, cuando María Virginia quiso ponerse a caminar-sin-cambiar-el-rumbo.

De modo que divisamos el pueblo a lo lejos, con las torres de sus dos iglesias altísimas por detrás de unas lomas, y trazamos un camino imaginario (a nosotros nos gusta trazar caminos imaginarios). Y mientras la gente esquivaba los obstáculos, ella y yo marchamos en línea recta, rectilínea y uniforme. Así brincamos cuatro cercas, cruzamos tres montañas, y atravesamos un desierto en el que tuve que tomar agua como diez veces. Y cuando ya estaba casi desalentado de nuevo, se nos presentó el arroyo por su parte más ancha y más peligrosa. Y como María Virginia no sabe nadar muy bien, y como además yo soy un caballero, me quedé en chores dispuesto a cruzar dos veces el arroyo: una por ella, para que no se sienta inferior a mí; y otra por mí, pero no para sentirme superior a ella, sino para serlo de verdad.

Ya iba más o menos a mediación, cuando se me ocurrió por

fin la idea, la estupenda idea de ahogarme para siempre y realizar así una hazaña inigualable.

De modo que empecé a hundirme y a tragar agua, valiente y decidido, sin quejarme ni pedir ayuda ni nada. Los primeros buches tenían un sabor más malo que el diablo, pero los demás eran bastante tomables.

Yo sabía que solamente podía resistir unos cuantos minutos bajo el agua, pero no cogí lucha y me dispuse a realizar un recuento de mi vida. Sin embargo, eso de que cuando uno se está ahogando, o está en peligro de muerte, recuerda toda su vida, es puro cuento de caminos. Mira que intenté memorizar mi nacimiento, y malamente pude captar el instante en que se fue la luz, cortada por los rebeldes, y el charco se puso oscuro como boca de lobo, y luego cuando encendieron la vela con la que nací, y vi dos caracoles en el fondo.

De ahí en adelante no recordé otra cosa. Estuve como veinte minutos con la mente en blanco, mientras todo el mundo debía estar allá arriba inventando algo para salvarme.

De pronto noté como unas piedras que me rozaban la espalda, y comprendí que había llegado al mismísimo fondo. Entonces crucé las piernas y me senté a imaginar la cara de susto que pondrían los cabrones del grupo cuando me sacaran muerto del arroyo. ¡Qué bien se imagina bajo el agua! Todo lo veía clarito. Trajeron un buzo de Camagüey porque nadie daba conmigo.

Por fin llegué afuera, o mejor dicho, me llegaron. Miré a mi alrededor y todos estaban pálidos, aterrorizados y silenciosos. Yo estaba feliz, con tremenda cara de héroe, pero de pronto veo a María Virginia en un rincón llorando de lo más triste, y al gracioso de Jesusón, tan descortés y tan hipócrita, nada menos que consolándola, y sentí una rabia de madre y se terminó la imaginería: Dime tú: seguramente le decía: el muerto al hoyo y el vivo al pollo, porque eso no sabe consolar ni a un elefante…

Si vieras cómo me pesaban los brazos y las piernas. En el agua todo pesa menos excepto los brazos y las piernas. Si un día te estás ahogando, verás que los brazos y las piernas pesan como sacos de arena. Yo lo supe porque empezó a picarme la barriga de una manera bastante extraña (a mí nunca me pica la barriga), y cuando fui a rascarme, apenas podía mover los brazos. Entonces probé hacerlo con las piernas, y me ocurrió lo mismo.

Y como quiera que empecé a sentirme mal, medio desesperado tragando tanta agua, utilicé una estrategia que yo tengo para las situaciones difíciles. Por ejemplo, cuando yo estoy desvelado, enseguida me pongo a pensar en la Terminal de Santa Clara, toda repleta de gente, de bulla, no hay guagua hasta el otro día, y yo me tiro muerto de frío por un rincón, con mi maletín de almohada, pensando en lo rica que es la cama de uno, y oye, inmediatamente me cae un sueño de madre.

Así que como estaba en el fondo del charco, tragando más agua que una turbina, me puse a pensar que iba por el desierto del Sahara, muerto de sed. Y cuando ya no podía dejar de tragar agua en el fondo del arroyo, era porque había llegado con la boca reseca y cuarteada a un oasis, que son esos charquitos de agua que hay en los desiertos… Entonces me consolaba un poco y podía seguir ahogándome sin dificultad.

En ese momento, para que veas lo que es uno, recordé un cuento que no tenía nada que ver con mi vida. En el cuento obligan a una niña a meterse en el pozo de brocal en busca de una aguja que ha perdido. Imagínate. La niña bajó al pozo llorando de miedo. Pero en el fondo se encontró a una viejita mágica que le mostró unas barras de oro, brillantes como loco, y le preguntó si era eso lo que buscaba. La niña contestó que no, y la viejita al ver que era honrada, la premió con varios sacos de oro. Yo llevo un montón de años siendo honrado y no me han dado ni una peseta. Sin embargo ya me veía fuera del agua, en la escuela, y todo el mundo loco — hasta el director—, averiguando de dónde había sacado el oro. Yo se lo dije a Mariano Jesusón que inmediatamente se tiró al arroyo, pero cuando la viejita le hizo la pregunta, Jesusón dijo que sí, que se le había perdido un saco de oro. Pobre Jesusón, salió del agua con un saco de piedras.

Luego, ya casi ahogado, me asusté un poco pensando en mamá, en Susana, en Vivian... todos llorando ante mí, que estaba muerto, patitieso en un salón lleno de flores. Me dio tanta lástima verlos así, que traté de salvarme por todos los medios. Me impulsé fuertemente, con todas mis fuerzas, pero apenas podía moverme: los brazos pesaban, las piernas pesaban, los nervios..., el corazón pesaba: latía, estaba vivo, vivo, aún tenía esperanzas.

Qué pasaría cuando avisaran a la casa: tu hijo se está ahogando, ¡corre! Papá saldría enseguida a buscar una máquina, solamente son unos kilómetros. Ya arrancaron, ya vienen, papá apurando al chofer, agitándolo. Salieron de la carretera y ya toman el terraplén. Llegan junto al arroyo en un gran torbellino de polvo (a mí me gustan los torbellinos del polvo). Y los muchachos les avisan, les gritan que estoy aquí, ahogándome, luchando con la muerte. Pobre papá que no necesita hacer más preguntas para venir derechito, la sangre llama, corre papá, corre, así, corre, corre, brinca las cercas, acorta camino, te estoy esperando, no te impacientes, dame la mano, así, hala duro, duro, ya está, gracias papá, papito, ¿te asustaste mucho?, me abraza, está llorando, pálido, pobre papá, ya pasó todo, fue un mal sueño, una pesadilla, y me sienta como antes, sobre sus hombros como antes, ¡qué perro más lindo!, se asombra papá, y acaricia a Cobarde que mueve el rabo más que nunca, tanto, que estoy a punto de ponerme celoso. Vamos a hacerle una maldad a mamá, me dice papá igual que antes, otra vez igual que antes, y mamá sonríe sin gorriones en el pelo, y la mesa está lista, y el radio y la sombrilla, y tengo apetito. Otra vez tengo apetito…

Pero qué pasaba… Nada. Nada pasaba. Simplemente no había papá, ni máquina, ni chofer, y yo seguía en el fondo del arroyo. Miré hacia arriba y no pude comprender por qué mi padre no venía a ayudarme. Busqué a la viejita del cuento, por tal de salir de allí aunque fuera con un saco de piedras, pero las viejitas de los cuentos ya no vienen, porque en realidad esas viejitas no existen.

Entonces empecé a patalear desesperado y nervioso, súper nervioso, casi muerto ya, gastando mis última energías. Se me estaban acabando los movimientos que es lo último que se le acaba a uno. Sin embargo, en medio de la confusión, tuve un instante de lucidez y me puse a pensar en Helena de Troya. Luego miré hacia arriba buscando la claridad, y distinguí a Cobarde de un lado a otro bastante desesperado y flaco, hasta que logré divisar la carita triste de María Virginia, llorando toda, sus ojos húmedos, y me vi a mí mismo ahogándome en sus lágrimas, y de pronto sentí que ella me estaba alzando como por arte de magia. Eso pensé en aquel momento. Pero el asunto no fue que ella me sacara del agua, sino que cuando me miró desde la superficie, se me cayeron las botas que pesaban como bolas de plomo, y me impedían flotar. Lógicamente empecé a subir. Y cogí más impulso, y más, tanto, que al llegar afuera saqué todo el cuerpo del agua y vine a caer medio muerto en la orilla.

Luego no supe más de mí hasta que oí unas voces, y otra voz dulcísima dentro de las voces, y abrí los ojos al mismo tiempo que vomitaba como siete tipos de agua: aguas rojas, azules, anaranjadas… Y cuando parecía que ya no me quedaba nada en la barriga, vomité tres caracoles, un cangrejito, y cinco pececitos brillantes.

Si vieras cómo me adulaban. Todos querían ser amigos míos y prestarme los tenis de la Educación Física. Seguramente creían que había regresado del otro mundo. Qué imbéciles. Yo me sentía feliz. Y María Virginia estaba tan orgullosa que no se apartó de mi lado durante el resto de la excursión.

—Oye —le dije—, si algún día me ahogo de verdad, no permitas bajo ningún concepto, que el Jesusón ese te consuele.

Ella me lo prometió. Y para disimular lo nerviosa que estaba con sólo pensar que podría ahogarme, se puso a jugar con el perro. ¡Qué ricas son las excursiones…!

# ONCE

Cuando llegamos al pueblo, le recordé la invitación de los helados Turquino.

—Aquí no pueden entrar animales —dijo la cajera con tremenda cara de ser humano.

Y Cobarde tuvo que esperar afuera. Pobre perro, no lo dejaban entrar a ningún sitio. María Virginia, que tiene buenos sentimientos, le compró una bola de helado, y Cobarde no la dejó llegar al suelo. Con qué gusto se la comió. Seguramente era la primera vez que probaba un helado.

Luego María Virginia y yo fuimos hasta una mesa, y desde que nos sentamos, tuvo deseos de jugar a quién-acaba-último.

Este juego comienza cuando la muchacha coge unas cucharadas de helado bien pequeñas, casi unicelulares, y se queda durante un rato con la cuchara en la boca, mirando hacia afuera, pero sin ver nada, abstraída, como si estuviera en otra galaxia... Esa es la mejor forma que hay para comer helados. Y sirve entre otras cosas, para estar juntos en la mesa hasta tres días. Yo miré a mi alrededor porque no me gusta demorarme cuando hay mucha gente y la cola no camina, pero sólo había una pareja por allá por el ecuador, y un señor muy gordo por el polo norte... Qué bien me sentía. Hubiéramos podido estar allí cinco o seis años, pero mi helado comenzó a derretirse, y cuando tuvimos la idea de cambiarnos para los polos, era demasiado tarde. El juego lo gané yo, porque cada vez que María Virginia alzaba la vista, se me caía la cuchara, y tuve que cambiarla un grupito de veces. Ella se dio cuenta de ese detalle, y no me miró más, pero la pobre ya tenía el juego perdido.

Nos despedimos. La vi alejarse por entre los intrusos que se interponían entre ella y yo como si fueran transparentes. Me quedé solo. Más solo y más triste que el diablo, y empecé a hacerme ilusiones. A mí no me gusta hacerme ilusiones. Tú te haces ilusiones y piensas que todo va a salirte bien, y eres optimista y todo eso; y si todo sale bien no hay problemas, pero si sale mal, te coge de sorpresa y te sientes un miserable. A mí no me gusta sentirme miserable.

Cada vez que me fugaba de la beca, yo nunca pensaba que me iban a coger. Y cuando las cosas empezaron a salirme mal, imagínate...

A mí las becas me traen muchos problemas. Papá asegura que no va a encontrar colegio para mí. Eso es triste. Es triste que no haya un colegio para uno. Mi problema no es la beca en sí. Yo estudio si hay que estudiar. Y si hay que trabajar, trabajo. Pero si hay que fugarse y correr aventuras soy el número uno porque enseguida contraigo la enfermedad del aburrimiento, y no puedo estar encerrado. No sé por qué diablos todas las becas tienen alguna cerca alrededor. Desde que uno llega a la escuela, tú ves al director leyéndonos la cartilla: De esa cerca para allá no se puede pasar, de esta otra para acá, tampoco. Imagínate. Enseguida estoy loco por saber qué es lo que hay más allá de las cercas. Porque alguien tuvo que verlo para poder prohibirlo. Casi siempre, aparte de las sirenas, hay arboledas de mangos y de nísperos, y guayabales y arroyos con pocetas fenomenales y transparentes (todas las becas quedan próximas a los arroyos). Así que como a las dos semanas ya conozco a los socios portadores del Virus de la Fiebre Aburría, y desesperados por las frutas y los arroyos. Con mirarlos una vez, tengo y me sobra.

Durante las primeras fugas, o Fugas de Exploración, no hubo problemas; pero cuando nos sorprendieron una vez, caímos en desgracia. Los profesores dejaban sus asuntos para vigilarnos el día entero.

Yo trataba de no escaparme, me reprimía. No, Ricardo, que te van a expulsar, pero lamentablemente no me respeto mucho. Vaya, me tengo la baja cogida, palabra.

Una vez las sirenas se alborotaron y me subió un poco la fiebre. Imagínate. Me fugué como veinte veces y mandaron a buscar a papá. Ése es el primer paso y el último, antes de expulsar a uno. Porque los directores se pasan la vida haciendo venir los padres a las becas. Si te fugas, a buscar los padres. Si discutes con un profesor, eso es falta de respeto, y a buscar los padres. Si tiras la propiedad social (almohada) a un compañero (¿a quién diablos no le gusta tirar almohadas: es divertidísimo y sin peligro de un mal golpe ni nada), a buscar los padres. No entienden que los padres son inocentes. Mi papá es un santo, palabra. Eran catorce hermanos y nunca tuvieron ni un sí ni un no. A veces yo quería que él fuera por mí a la beca para coger excelente en disciplina.

De modo que papá se aparecía en la beca a echarme tremenda descarga. Luego empezaba a criticarlo todo, culpando a mil gente, para poder introducir el tema de los catorce hermanos y el psicólogo.

Yo nunca le conté lo de la Fiebre Aburría y las sirenas porque no me iba a entender. Hacía tiempo que él no entendía. Ya mi padre se había vuelto desentendido. El trabajo le hacía mucho daño. Estaba disgustado, molestísimo conmigo. A mí me dio lástima verlo tan viejo y arrugado, y sentí deseos de llorar. Es tan difícil estar contento uno y al mismo tiempo tener contentos a los padres…

Soporté su descarga y durante algunos días no me escapé. Me reprimía fuerte, me decía malas palabras, me golpeaba los pies, que eran los principales culpables; pero total, ya dije que no me tengo el más mínimo respeto.

Una noche Ferna y yo teníamos como ciento y pico de fiebre (en grados fahrenheit), las sirenas estaban en su punto, y nos pusimos dos tapones de algodón en los oídos. Llegamos hasta la misma cerca y Ferna me pidió que lo amarrara a una mata de ciruelas que había allí. Le hice como treinta nudos y ballestrinques. Seguidamente le quité los tapones, y como me había advertido que por ninguna razón del mundo lo desatara antes de los diez minutos, puse mi reloj en hora y me senté sobre una piedra a ver qué sucedía. Imagínate. Al poco rato empezó a sudar y a retorcerse, y a suplicarme que lo soltara. Yo lo escuchaba perfectamente, y pensaba que eran las sirenas. Ferna me decía: ¡las hormigas, las hormigas…!, y yo pensaba que eran las sirenas. Pobre Ferna. La espalda le quedó que parecía un guayo. Quién iba a imaginarse que la mata estuviera llenita de hormigas bravas.

Desde entonces les cogí más odio aún a las cercas. No las podía ni ver, palabra. Una cerca es lo mismo que alguien diciéndote el día entero que no puedes salir. A mí me prohíben la entrada a un lugar y está bien, pero decirme que no puedo salir es muy distinto.

Me acuerdo que una vez cuando era chiquito, unos vecinos me llevaron al cine. Era la primera vez que iba. Los vecinos no tenían hijos y se habían encariñado conmigo. Eso les pasa siempre a los vecinos que no tienen hijos, que se encariñan con los hijos de otros. La película era una película de guerra, malísima, con muchos muertos y cañonazos, y como a los quince minutos ya me sentía mal allá adentro. Entonces un caballo blanco, perpendicular, atravesó la pantalla, y me quedé loco (a mí me gustan los caballos que atraviesan la pantalla). Enseguida dije que quería verlo de nuevo y formé una tanda de madre. Claro, eso fue un pretexto, en realidad lo que deseaba era irme (a veces yo deseo una cosa y pido otra). Aunque creo que de todas formas hubiera soportado la película de no ser que la vecina metiera la pata. Se le ocurrió decirme que en cuanto la gente entraba al cine, el portero cerraba la puerta con un candado de este tamaño. Imagínate. Empecé a quejarme y a gritar, y la gente a protestar, y allí mismito se les acabó la función. Cuando salimos ella me dio un pellizco y me aseguró que jamás saldría con ellos. Lo segundo no fue tan doloroso. Al otro día los vecinos ya estaban encariñándose con otro desgraciado. Yo me dije: deja que lo lleven al cine…

En fin, el caso es que terminan expulsándome de la beca. Y todo por las cercas (qué odio les tengo). Y también por las frutas y los arroyos, aunque estos últimos me caen bien. No sé por qué diablos siempre quedan del otro lado de las cercas…

Aunque es posible que me expulsen por tal de evitar una epidemia. Ellos saben que un solo enfermo de Fiebre Aburría, es capaz de contagiar a media escuela y llevársela por el mundo en busca de aventuras…

# DOCE

Llegué a la casa y me bañé a millón, mientras Cobarde tuvo la buena idea de esperarme afuera. Yo nunca me baño en cuanto llego a la casa, sino que empiezo a dar vueltas de aquí para allá y a mortificar, como un moscón.

Sin embargo hoy me bañé a millón, para sorpresa mía y de mamá.

Comí enseguida, sin penas ni glorias, me eché un trozo de pan en el bolsillo, y cuando mamá se fijó en mi pantalón de cuadros, y en mis mocasines tan brillantes como espejos, como dos pedazos de Sol, me preguntó de lo más curiosa:

—¿Y a dónde se dirige el caballero?

A mí no me gusta que me hablen en tercera persona del singular. Y mucho menos que me digan *dirige*.

—El caballero no se dirige a ningún sitio especial —le dije también en tercera persona—. Simplemente va a ver a su novia.

Y cuando pensé que me iba a decir: ya estás con tus boberías, y a meterme el sermón del hablando en serio, mamá me alcanzó un ramo de rosas y de otras flores, que era el mejor regalo para las novias, no fuera a ser que yo también saliera insensible como mi padre. Ella a veces es así: regionalista.

Cogí las flores y ya iba doblando la esquina, cuando tuve un mal pensamiento y repentinamente volví a la casa. Esta hora del día tiene cosas buenas y malas. Y eso es lo mejor y lo peor que puede pasarle a una hora: que tenga cosas buenas y malas. Lo bueno es que hay fresco y uno ya está bañado y comido, y te sientes tan bien que es posible visitar a María Virginia y todo; pero compadre, a esta condenada hora salen al portal todos los viejos de América Latina, a sentarse en los mismos asientos, a decirse las mismas mentiras, mientras se fuman los mismos tabacos y lo miran todo como lechuzones, y me dije que yo tan bien vestido, exhibiendo aquel ramo de flores, y con un perrito miedoso atrás, pudiera dar lugar a que los viejos, que son imaginativos y antiguos, y mentirosos e inventa-cuentos a matarse, pudiera dar lugar a que pensaran eso mismo que tú estás pensando. De modo que volví a la casa, y me aseguré de meter las flores en un cartucho.

En realidad me sentí tremendamente aburrido. En lugar de pensar en María Virginia, tan solita y tan sincera, me dio por creer que tal vez nunca pudiera hacer una aventura, y me cayó una tristeza de madre. Me vi hecho un viejito, sentado en un taburete y haciendo el mismo cuento de los catorce hermanos amistosos. Ya se acababa ese día, y mañana y después vendrían otros días iguales, igualmente aburridos, y me di cuenta que seguía enfermo de aburrimiento. Porque este virus es implacable y se aparece cuando menos lo piensas. Y me decidí a ser científico. También Luis Pasteur vio cuando muchacho a un enfermo de rabia que lo curaban aplicándole un hierro candente —que quiere decir más que caliente, al rojo vivo—, y decidió ser científico. Yo todavía no he visto nada, pero no importa, Luis Pasteur y yo descubriremos la vacuna contra la Fiebre Aburría.

Yo no sé por qué nadie ha inventado el año de las aventuras. Después que uno termina Sexto o Séptimo, debía haber un grado completo para las aventuras, que es el mejor remedio contra el aburrimiento. Así un día tendríamos otra historia que contarle a nuestros hijos, que no sea esa de los catorce hermanos y el psicólogo. Si yo tuviera catorce hermanos, mi casa fuera un pleito de perros todo el tiempo, y el perro número uno nunca estaría de buen humor. Así yo jamás podría preguntarle qué cosa es el copón divino…

Te decía que si aprueban eso de las aventuras, del Año Sagrado de las Aventuras, cada grupo podía ir donde quisiera, sin profesores ni nadie que los vigile. Unos subirían al Monte Everest, otros se lanzarían a cruzar el canal de la mancha o le harían el bojeo a Cuba —si estos cabrones españoles no lo hubieran descubierto todo, ya nosotros hubiéramos probado que Cuba es una isla—. Yo me iré de vacaciones con María Virginia a recorrer, o mejor dicho, a renavegar en balsa el Mississippi. Pero además, me gustaría después, en un futuro, en lugar de ir a Plutón o a Mercurio, como un vulgar y aburrido viajero, llegar por lo menos a la quinta luna de Saturno, que debe ser un sitio bastante remoto y distraído. Creo que sería capaz de llevarme a unos cuantos Paramecios para que se desarrollen allá, y dada su importancia, convertir a esa luna en un lugar importante. Por último cada grupo escribiría un libro con las peripecias del viaje, y con los nombres de los que se hayan destacado. Y como ya no habrá guerras ni sublevaciones ni nada, ésos serán los héroes del futuro: los exploradores. A mí me gusta ser explorador.

## TRECE

Ya había caminado como diez cuadras cuando advertí que no sabía dónde diablos vivía María Virginia, y Cobarde y yo tuvimos que ir hasta la heladería para seguirle el rastro. María Virginia va dejando florecitas por el camino, amarillas y lilas, rojas y azules. Cada vez que levanta un pie, deja una flor, por lo que había flores izquierdas y flores derechas. Yo las fui recogiendo todas, y uniéndolas al mazo mío, hasta que se rompió el cartucho y cuando toqué a la puerta de su casa, no se me veían ni las manos.

Una mujer me abrió y se volvió adivina:

—Virginita, aquí está Ricardo —y me hizo pasar.

Tenía un moño lindísimo y unos ojos abundantes, aunque no catastróficos.

—¡Qué perro más lindo…! ¿Es tuyo?

—Mío y suyo.

Era la primera vez que lo elogiaban. Y también fue la primera vez que Cobarde entraba a un sitio. Parecía un general de algún ejército libertador.

Yo me di cuenta que aquella mujer era la mamá de María Virginia porque como ella, tenía buenos sentimientos.

—¡Qué flaquito está el pobre! —dijo mientras lo acariciaba.

—A mí me gustan los perros flacos.

—Y que cara más triste tiene.

—A mí me gustan los perros tristes.

De pronto ella dio un grito.

—¡Ay, si está minado de garrapatas…!

—A mí me gustan los perros con garrapatas —dije.

Pero no me hizo el más mínimo caso, y se apareció con un

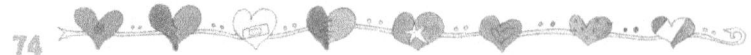

pomito lleno de un líquido ahí, y empezó a untarle a Cobarde. El pobre no hallaba dónde meterse.

Yo vi a la mujer tan cariñosa, que le prometí prestarle al perrito durante un mes, teniendo en cuenta que si no iba a dormir en la calle. Ella se puso tan contenta que le trajo un calderito con leche para que Cobarde se pusiera más contento que ella, y para que yo me pusiera más contento que los dos juntos.

Entonces me puse a pensar en María Virginia recibiéndome, y hasta la vi asomarse, bajando unas escaleras de caracol, lentamente igual que en las películas, con un vestido de vuelos brillantes y unas trenzas más brillantes que el vestido, y se me cayeron las flores y nos volvimos adivinos: ¿Cómo adivinaste que te estaba esperando?, me preguntó. ¿No te dije que vendría a estudiar…? Tú no vienes a estudiar, me dijo. Y rápidamente adivinó que yo había ido a enamorarla, pero que no sería mi novia hasta tanto no hiciera alguna hazaña que no fuera la simpleza esa de ahogarme en un arroyo sin nombre y sin importancia, que seguramente no venía ni en los mapas. Así se habla, pensé; pero no se lo dije no fuera a ser que me pusiera algunos ejemplos de hazañas difíciles.

De pronto María Virginia se apareció de verdad, sin bajar ninguna escalera de caracol porque no había escaleras en su casa, y sin vestido brillante ni trenzas, sino más bien con una bata de casa, de esas de lienzo, y unas chancleticas Kiko-Plástico made in Cuba… Pero para decirte la verdad, tenía una sonrisa muy cómica, y una expresión de ángel, con la cara lisecita, y sus dientes eran los más brillantes.

Sin embargo empezó a ponerse transparente.

—Estás transparente —me dijo ella.

—Tú también —le contesté—. Te estás poniendo transparente.

—¿Cómo es que lo sabes?

—Porque no te veo… Estoy mirando a través de ti.

—¿Y qué ves… la pared rosada y la verde, los muebles, ves los cuadros del galán a caballo y la doncella, y mi foto de los doce años…?

—No, también son transparentes.

—¿Y ves la calle y los árboles, y las luces de los carros, ves la noche y el cielo y las estrellas…?

—No, también son transpa…

Y callé, porque ambos nos dimos cuenta que las cosas no estaban transparentes, sino que nos habíamos quedado ciegos. La ceguera tiene algo que ver con la transparencia.

—¿De qué color es la amistad? —me preguntó bastante nerviosa, ante la nueva situación.

—Compruébalo tú misma —y le ofrecí mi amistad sincera y franca.

Entonces ella, que tampoco veía un burro a tres pasos, me dijo casi llorando:

—¿Acaso piensas que no creo en tu palabra…?

Y no tuve más remedio que consolarla y decirle que la amistad tenía los siete colores de la luz…, pero ninguno de los dos oímos *solar*: nos habíamos vuelto sordos.

Cuando recuperamos la normalidad, María Virginia se apare-

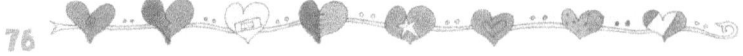

ció con un poco de refresco, y noté que estaba perdiendo el gusto.

—¿Cómo adivinaste que me gusta el refresco de guanábana?

—No es de guanábana, es de limón —dijo de lo más risueña, casi burlonamente, mientras ponía una azucarera encima de la mesita.

—¿Quieres más azúcar?

—Sí, me encanta el azúcar.

—¡Ah!, yo pensé que querías más azúcar —dijo, y se llevó la azucarera.

—¿Cómo es esto que nos volvemos sordos y ciegos? —pregunté yo.

—¿Qué pasa que estamos sordos y ciegos? —preguntó ella.

Y los dos al mismo tiempo contestamos:

—Es la Luna de Valencia.

Y nos volvimos mudos cada vez que nos miramos a los ojos. Y el vaso se me había roto como cien veces hasta que su mamá me trajo un vaso de aluminio y terminé de tomarme el refresco.

Y dije Río, y María Virginia respondió Mississippi; dije Monte, y ella, Everest. Dije Lluvia, Sol, Tormenta, Trueno; y ella, Paraguas, Playa, Pararrayos. Y cuando dije Labios, pensando besarla desde que dijera Besos, me dijo ¡Atrévete! Está bien, ganaste, le dije. Y se me cayó el pañuelo.

—¿Hasta cuándo se te van a estar cayendo las cosas? —me preguntó sin mirarme, para que no se me cayera la respuesta.

—Yo padezco de eso.

María Virginia se quedó pensativa durante un rato hasta que por fin me dijo:

—En mi vida he visto dos casos como el tuyo.

—¡No me digas!

—Está bien, no te digo.

—Es decir, que sí me digas. El No me digas es un decir.

—Está bien. El primero era un viejito que padecía de los nervios. Yo le tenía mucha lástima porque no tenía familia.

—¿Y el otro?

—El otro fue un muchacho ahí, en Guanabo, que se le cayó un litro de leche.

—¡No me digas…! Es decir, ¿cómo fue eso?

—Fue una cosa bastante cómica. Cuando nos miramos sentí como si los dos quisiéramos decir algo, pero por un asunto de cortesía, cada uno permanecimos callados para escuchar bien lo que diría el otro. De esa forma ninguno hablamos nada. Me acuerdo que el litro cayó al suelo, y todo el pantalón se le embarró de leche. Parecía un payaso.

Imagínate. Me quedé en blanco. Estuve como diez minutos sin hablar.

—¿Qué te pasa? —me dijo.

Y no pude más y le confesé un poco turbado:

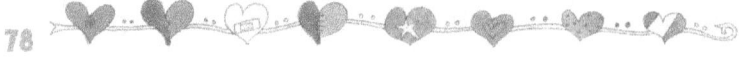

—Oye… Virginita… A lo mejor tú no me crees… Yo…
yo…

—¿Qué…? ¡No vas a decirme que tú eras el mismo imbécil
de Guanabo…!

Luego se sentó al piano y empezó a tocar una melodía. No
hay nada más remoto que María Virginia interpretando una
melodía. Yo estaba como en las nubes, otra vez en la Luna
de Valencia, pero no era deshabitada y distraída, sino como
un paraíso donde la gente no hacía otra cosa que no fuera
correr aventuras, y donde la música provenía de todas partes.
Todo lo que tocabas, una piedra, un árbol, te respondía con
una música, y yo estaba lleno de musicalidad.

—¿Qué haces en la Luna de Valencia? —me dijo María
Virginia por decimoquinta vez, porque como estaba donde
estaba, no la podía oír.

—Sube para que veas.

Y recorrimos toda la luna a través de unos prados azulísimos
y cantores, que lo mismo disparaban un Son que un Corrido
o un Tango, y donde no había puestas de Sol porque el Sol
siempre estaba poniéndose.

Sin embargo tuve un mal pensamiento y le dije que parecía
una dama de la alta sociedad pequeño-burguesa, que son
quienes tocan pianos relucientes y eso; y María Virginia se
enfureció de tal manera que me arrastró adonde el piano y lo
abrió por dentro, y rápidamente retiré mis palabras: el pobre
estaba tan descosido y desvencijado, que se veía a las claras
que era un piano proletario de todos los países uníos.

Entonces le pedí que tocara de nuevo. Y María Virginia que
ya había perdido el mal humor, interpretó tantas melodías

que yo perdí la memoria, me olvidé del día, de la noche y del futuro, de mi bisabuelo enmascarado y salteador, del accidente del Océano Índico y de la Guerra Civil Española, del director con sus descargas, del Paramecio y la Hipotenusa y las Comidas Musicales, del regionalismo y la Terminal de Santa Clara, y me olvidé de mi propia memoria que entonces recordaba al chino montado, y a Cobarde, y a las hazañas de Tom y Huck. Y cuando se puso a recordar los ojos de María Virginia, tan catastróficos y tan bilingües, se quedó en blanco y se le cayeron todos los recuerdos. Luego nos fuimos de nuevo al espacio, desterrándonos de la Tierra, y desorbitándonos de la órbita de Júpiter, hasta quedarnos en Valencia cuando pisamos las lunas de Saturno, mientras la maldita música invadía la Vía Láctea y hasta los huecos negros del espacio se volvían claros y transparentes. La negrura tiene algo que ver con la transparencia.

—¿Sabes una cosa, María Virginia?

—Sí —me dijo—. Estás loco por descubrir la vacuna contra el aburrimiento.

Otra vez se había vuelto adivinadora…

Luego nos pusimos a hacer planes:

—¿Qué piensas estudiar? —me preguntó así de pronto, como si estuviera llenándome una planilla.

—¿Yo…?

—Sí, supongo que has pensado algo.

Y me di cuenta que estaba en un lío. Yo nunca he pensado en lo que voy a estudiar. Ni siquiera he pensado si voy a estudiar.

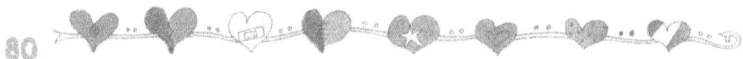

—Bueno, yo quiero estudiar algo donde sepa un poquito de cada cosa, aunque no sepa mucho de nada.

—Ya sé —respondió ella, que seguramente pensó que yo le hacía alguna adivinanza—: periodista. Los periodistas quieren saber algo de todas las cosas, y andan por el mundo interrogando a la gente porque los pobres tienen muchas dudas… Pero, ¿por qué no me haces tu primera entrevista?

A mí me gustó el jueguito y dije:

P: ¿Cómo te llamas?

R: María Virginia López de Vega.

P: ¿Qué edad tienes?

R: Quince.

P (asombrado): ¿Quince…?

R: Es decir, casi… Cumplo catorce el mes que viene.

P: ¿Qué piensas estudiar?

R: ¿Yo…?

P: Sí, supongo que has pensado algo.

R: Bueno, yo quiero estudiar algo donde sepa mucho de una sola cosa aunque no sepa nada del resto.

P: Ya sé, periodista. Los periodistas andan por el mundo… ¿Pero por qué no me haces tu primera entrevista?

A ella también le encantó el jueguito y me dijo:

P: ¿Cómo te llamas?

R: Ricardo Armas Salteador.

P: ¿Edad…?

R: Dieciocho.

P (asombradísima): ¿Dieciocho…?

R: Es decir, casi… Cumplo quince en noviembre.

P: ¿Qué piensas estudiar?

R: ¿Yo…?

P: Yo no digo ¿Yo…? Yo digo que qué piensas estudiar.

R: Yo quiero…

P: Yo no digo Yo quiero… Yo digo que qué piensas estudiar.

R: ¡No me beses!

P: Yo no digo ¡No me beses!

Y calló en la trampa porque ahí mismo me aproveché y le di un beso.

Para qué fue aquello. Nos besamos, locos, luego de catorce años sin hacerlo… Fue un beso tan rojo, acalorado y lleno de una cosa tan dulce que se fue poniendo azul como el cielo, y como el cielo, infinito. Después el beso se tornó violeta de luto eterno cuando pensamos que alguna vez podríamos faltarnos el uno al otro. Y del violeta pasó al anaranjado y triste beso de despedida, que me hizo sentir como un niño chiquito y náufrago y bilingüe. Pero inmediatamente eché a un lado el mal pensamiento, y el beso ya era blanco de volvernos a ver luego de cien años de ausencia, de resucité y aquí estoy

María Virginia por todos los siglos de los siglos, y el beso era entonces primaveral y húmedo. Conclusión: nos habíamos dado un beso arcoírico, que poseía las siete maravillas musicales del mundo y las siete notas de la luz solar.

Cuando cesó la música y descendimos a la Tierra, ya eran como las cincuenta de la noche. La mamá de María Virginia había echado un sueño tan largo en su sillón, que se durmió de cansancio dentro del propio sueño, y tuvo que despertarse dos veces.

Los tres estábamos tristes. Ella, la mamá, por haberse despertado dos veces y haber interrumpido igual cantidad de sueños, dejando varios planes inconclusos; y María Virginia y yo porque sabíamos por separado, con el temor de confesarlo, que se acercaba la hora de partir, de irnos con nuestras ilusiones, y me puse a pensar que un día tal vez podríamos pelearnos, como tanta gente lo ha hecho, y luego, al cabo de los años, de los cabrones años, cruzarnos en la calle como si nada, igual que las tanta gente, y me puse mal. ¿Y si mañana ella me miraba y no me decía nada…? ¿Y si mañana nada había pasado…? ¡Mañana tarro!, esta noche no voy a dormir.

—María Virginia, esta noche no voy a dormir.

—Yo tampoco —me dijo seria.

Todavía estaba triste.

Qué trabajo para despedirnos. María Virginia tenía un imán en el pecho, y yo estaba más frío y más metálico que el polo norte. Ella iba conmigo hasta la puerta, y a mí me daba pena que tuviera que regresar sola hasta su cuarto y le hacía compañía por toda la casa. Luego, la pobre no hallaba cómo despedirse de mí en su cuarto y volvía a llevarme hasta la puerta. Cuántas veces no hicimos ese mismo recorrido, con las mismas caras tristes y los mismos deseos de quedarnos; sin embargo, para que veas lo que es uno, lejos de aburrirme, sentí que aquello era de lo más bilingüe. Entonces María Virginia fue conmigo hasta la puerta, y siguió hasta la esquina. Y yo, que no podía dejarla sola en medio de la noche, y con tantas estrellas brillantes y cometas y galaxias, la llevé de nuevo a su casa.

Hasta que por fin, debajo de unos portales, nos despedimos. Ella fue a darme un beso en la cara, pero yo me adelanté y le di un beso a su beso. Luego empezamos a alejarnos de espaldas para no perdernos de vista y seguir mirándonos toda la vida. Y se me cayó el pañuelo, y la cartera, y el peine, y la primera página de un diario.

# CATORCE

—María Virginia me quiere —le dije a una señora de moño alto, pero siguió su camino.

—María Virginia me quiere —le dije a un viejo portalero, que todavía estaba en su taburete, pero el pobre se había quedado dormido.

Se lo dije a dos gatos negros, a una mata de almendras, a un palo de la luz…

Mamá estaba ausente y melancólica, sentada en su sillón, y ni siquiera me preguntó porque había llegado caminando de espaldas. Últimamente ella está tan abstraída, que es posible entrar de espaldas a la casa sin que pregunte nada. No me gusta esa forma de estar que es como si no estuviera.

—María Virginia me quiere.

No me hizo caso.

—María Virginia me quiere —le dije un poco más alto.

Y me hizo el caso del perro.

—¡María Virginia me quiere! —le grité junto al oído, y me hizo un caso pequeño y unicelular, pues se volteó de una manera superlenta y me miró así como si nada, y tenía los ojos cálidos.

—¿Qué te pasa?

Pero ella regresó a su posición anterior.

Le pregunté por papá, igual que los güevos del perro. Entonces me encabroné y me fui a la cama. Cuando yo le hago dos preguntas a mamá y ella no responde, inmediatamente me voy a la cama.

Yo no sé por qué diablos la gente vive disgustada. Si un día estás disgustado, piensa en el mundo y verás cómo recapacitas.

Cuando eres chiquito y vas conociendo lo que te rodea, y observas los animales y las plantas y la naturaleza, y después de saber cuánto ha hecho el hombre, enseguida piensas que el mundo es una manzana, y te crees importante como un rey. Antes yo me creía un rey come-manzanas, y no hacía más que abrir la boca y tirar mordidas. Un día me partí los dientes y cayó al suelo mi corona. Estuve una pila de tiempo triste y disgustado, disgustadísimo. Qué mal me sentía, compadre. Y todo porque habían matado a Martí. Entonces a mí me daban unas fiebres muy altas, y yo me ponía muy triste de pensar en Martí cuando recibió el disparo, de pensar en su caída, en el impacto, en sus huesitos chocando contra la tierra, tan flaco como estaba de no ocuparse de sí mismo. Pero entonces me puse a meditar bien, y me consolé un poco pensando en el mundo: Somos tan pequeños, tan insignificantes navegando por el espacio en esta esfera enorme, que a su vez es insignificante y exigua en un sistema solar gigantesco, que también es insignificante en una galaxia colosal, que no escapa la pobre de ser diminuta y zonza en un universo que sí es infinito y lleno de significados; y entonces uno se pone a pensar en esta Tierra nuestra, que es nuestra casa, tan pequeña la pobre, y tan cansada de navegar por el espacio con todos nosotros encima haciendo planes, sin saber si un día puede chocar con algo y destruirse, y a uno se le quitan los deseos de estar disgustado.

## QUINCE

En fin, el asunto fue que fui a la cama, más calmado ya después de este análisis. El mosquitero estaba puesto, la cama lista…

Pero inmediatamente se me quitó el sueño y me puse a escribir la segunda página del Diario.

Pero inmediatamente descubrí que no podía escribir, y me fui a la cocina a tomar algo.

Pero inmediatamente me arrepentí: yo soy un vejigo comodón que hay que ponérselo todo en la mano, y fui al cuarto de Susana a llamarla para que me hiciera un refresco. A mí me gustan los refrescos que hace Susana.

Pero inmediatamente pensé que no era justo levantarla, porque a ella tampoco le gusta interrumpir sus sueños.

Entonces mamá volvió de su sillón, con sus ojos cálidos, y me hizo una limonada tristona y desabría.

Pero inmediatamente se me quitaron los deseos de tomar limonada, y me puse a leer las aventuras de Tom Sawyer.

Pero inmediatamente se me ocurrió una idea fenomenal, y guardé el libro, y me vestí, y salí por el pasillo para no llamar la atención, y comencé a vagar por las calles vacías, contemplando la noche. Aunque ésta no fue la idea fenomenal, sino otra intermedia que se me ocurrió después para que la idea fenomenal terminara de nacer. Cuando se te esté ocurriendo una idea fenomenal, piensa en otra intermedia para darle tiempo y que no llegue muy atropellada.

Así que mientras contemplaba la noche nació la idea fenomenal. Ésta consistía en hacer la hazaña de salvar a un niño más una niña, que estuvieran atrapados en un incendio más un derrumbe, y de paso quemarme algunas partes del pecho más las piernas. Mas, para localizar el incendio, no tuve más remedio que subirme a la torre de la iglesia, que es el edificio más alto del pueblo, para obtener una visión más panorámica.

No vayas a pensar que es sencillo subirse a la torre de una iglesia. Pasé un trabajo de madre porque luego que brinqué una pared y caí en el patio, tuve que gatear por una columna gordísima, raspándome la barriga.

La torre es de mampostería, cuadrada y alta, altísima, con una cruz de celosías por cada uno de sus lados. Como está alumbrada por dentro, la cruz se ve desde lejos, y desde todos los puntos cardinales. Le di una vuelta a la torre buscando la manera de entrar hasta que descubrí una celosía medio rota. A medida que ascendía por la escalera de caracol iba mirando hacia afuera en busca de humo o cualquier otro indicio. De pronto choqué contra una cosa dura, y sentí dos campanazos encima de mi cabeza. Imagínate: rápidamente tuve que pensar en Helena de Troya...

Se veían algunos tejados rojos cerca de la iglesia, pero más lejos, solamente distinguí las luces de los carros que iban por la Carretera Central, y las luces de las casas y de los postes; y más atrás todavía, una negrura casi total, con algunas lucecitas pequeñas y tenues y separadas como loco. Yo pensaba que mi pueblo era más grande, pero desde allá arriba parecía pequeñito. Desde arriba las cosas se ven distintas.

De pronto escuché unos pasos y una voz:

—¿Quién anda ahí?

—Soy yo —y miré hacia abajo.

—¿Quién eres tú...? —dijo el hombre que ya estaba encima de mí.

Y me di cuenta que era el cura, porque el pobre, además de tener una calvita redonda en la cabeza, y de venir con un aparatico ahí con tres velas, igual que en las películas, me dijo muy amable:

—¿Por dónde entraste, hijo mío?

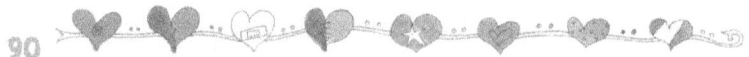

Los curas son gente muy amables.

—Perdone usted, padre —le dije igual que en las películas—. Entré por el tejado a vigilar el pueblo.

—¿A vigilar el pueblo…?

—Sí, padre, verá usted…

Y le expliqué que esperaba por un incendio más un derrumbe para salvar a un niño más una niña y de paso…

—Baja, hijo mío —me interrumpió—. No habrá incendios esta noche.

Eso lo dijo con tanta seguridad, que me pareció bastante razonable que fuera cierto. Y luego que bajé, el padre me dio agua fría, bendita ella, me puso la mano sobre el hombro y me acompañó a la puerta.

Había un silencio absoluto. El pueblo entero dormía, profundamente dormido. Ya se me estaban quitando los deseos de salvar a nadie, cuando se me ocurrió otra estupenda idea.

Ya que no habría incendios esa noche, lo mejor era recorrer el pueblo a ver si dos niños se tiraban delante de un carro, y yo, al tiempo que los salvaba, caía bajo las ruedas del mismo y lograba partirme las dos piernas, un brazo, y alcanzar aunque fueran dieciocho puntos en la cabeza. Esta idea me pareció más estupenda que la anterior. Ya tenía hasta la táctica que iba a emplear. Desde que el carro se acercara y metiera los frenos, yo me lanzaría de cabeza empujando a los niños, pero haciendo un giro de tal modo que la mano derecha me cayera debajo de la rueda izquierda, y los dos pies exactamente debajo de la derecha. De esta forma conseguía las tres fracturas. Luego levantaría rápido la cabeza para que el chasis de vehículo se encargara de los dieciocho puntos. Todo lo tenía planificado. Me ponía a pensar y veía a María Virginia cuidándome en la casa, trayéndome refrescos de guanábana y de limón, hasta que podía caminar un poco con la ayuda suya y me aparecía en el aula donde Jesusón y todo el mundo miraban envidiosos cómo María Virginia me copiaba las clases, y me le ponía márgenes azules a las libretas y me sacaba al receso. Todo eso pensé, compadre. Pero luego de dar cuatro recorridos por el pueblo sin ver niños ni carros ni un carajo, me acosté en un banco del Paseo a contemplar las estrellas. A mí me gusta contemplar las estrellas.

El Paseo de mi pueblo es solitario como un tipo triste, pero es lindo. Yo miré los árboles, la hilera de árboles contra el cielo, y parecía un camino entre las estrellas.

No llevaba allí ni cinco minutos, cuando de pronto me incorporé y salí a millón rumbo a los Edificios, porque empezó a cosquillearme la sensación algo extraña de que un niño se iba a caer de un quinto piso. Estuve un rato vagando por toda esa zona hasta que me convencí que en mi pueblo no había ningún edificio de cinco plantas. Por tanto ya estaba medio arrepentido y náufrago cuando miré al cielo y me quedé loco: Había un niño enorme aferrado a la estrella Polar, balanceándose peligrosamente. Claro que eso no podía ser, y me froté los ojos catorce veces, hasta que miré por decimoquinta vez, y advertí que el niño, que era más bien chiquito y manso, no estaba en el cielo, sino que el pobre se balanceaba en el balcón del tercer piso, y yo lo miraba contra el cielo en la misma dirección de la estrella polar. Imagínate. Me lancé hacia arriba a toda velocidad, a millón, gritando que el niño se iba a caer, y sentí la gente del primer piso abriendo sus puertas, siguiéndome medio dormidos y escandalosos escaleras arriba: ¡que un niño se mata, caballeros!, y las del segundo piso, que eran unas viejitas despeinadas y tristes, se sumaron también, y llegué al tercero, donde dos mujeres asomaban sus rostros somnolientos, y todos se juntaron a ver cómo este caballero que veis aquí, de rostro aguileño, se dirigía al balcón resueltamente. El niño estaba casi perdido, fuera de control, sin esperanzas ya, cuando una mano poderosa (ése fui yo) lo aferró por el antebrazo como una tenaza. Así estuvimos casi media hora, la gente haciendo un silencio espantoso, sin moverse, sin respirar; pero qué va, era demasiado tarde: los dos íbamos abajo. Entonces, en un último esfuerzo, me incliné lo más que pude, y haciendo un giro de noventa y pico de grados, lo lancé en vilo hacia la muchedumbre, que abrían la boca y se tapaban los ojos, como si fueran a comerse una sorpresa de chocolate, o un pedazo de manzana; y por golosos se perdieron el instante en que les decía adiós, ya sin apoyo, sin un nada donde agarrarme, mientras las viejitas decían: ¡Jesús…!, todavía con los ojos cerrados, y un tipo ahí, tan pesado como Jesusón, que dijo: ¡se matooo!

La caída fue buena en sentido general, pero finalizando ya, a una velocidad de madre, sentí un traqueaíto en el tobillo, y otro golpecito en la frente que no me gustaron lo más mínimo. Luego me subieron a un carro con una algarabía inusual, como si se hubiera acabado el mundo.

En el hospital me enyesaron el tobillo izquierdo y un dedo de la mano derecha, y solamente me dieron once puntos en la cabeza.

De pronto entró un matrimonio sin pedir permiso ni nada. La mujer decía de lo más nerviosa que su hijo se había matado, su único machito. Yo miré a todas partes, pero no veía rastro del muerto. ¡Ay, mi hijito…!, decía la mujer mirando cómo el médico volvía a reconocerme. Ya yo estaba sintiendo lástima de ella, la pobre, que había perdido a su único machito, cuando advertí que era mi mamá en persona, que ahora se apoyaba a sollozar en el hombro de papá. El muerto miró hacia ellos y se le salió una lágrima: ¡qué lindos se veían abrazados! Los hijos muertos unen mucho a los padres vivos.

Al fin se consolaron un poco viendo que el muerto hablaba y se movía, y aceptaron llevárselo para su casa…

Tener un accidente es la desgracia más cubanísima del mundo. Desde que me depositaron en esta maldita cama, te juro que han pasado más de quinientas viejas: ¡Es increíble! No parecía tener problemas… ¿Te duele mucho, hijo? Pobrecito…, y por ahí para allá el copón divino. No ha venido nadie de los Edificios a decir que soy un héroe que salvó a un niño del abismo. Pero no me importa. Pronto llegará María Virginia: ¿qué tal un refresco de guanábana o de limón, qué tal si damos un paseo? Ella es mi amor, ella y yo en la

Luna de Valencia. Ella y yo en… (María Virginia no sólo es una de las mejores cosas que se ha inventado, sino que es una de las mejores cosas que se ha inventado).

# Sobre el autor
## Sindo Pacheco

**Sindo Pacheco** (Cabaiguán, Cuba, 1956) Premio El Caimán Barbudo (1990). Ha publicado *Oficio de Hormigas* (cuentos, 1990) *Premio Abril*; y las novelas *Esos Muchachos y María Virginia está de Vacaciones*. Esta última recibió el premio latinoamericano *Casa de las Américas*, el premio anual *La Rosa Blanca* que concede la Unión de Escritores y Artistas de Cuba, y el

*Premio de la Crítica* a las mejores obras publicadas en Cuba durante 1994.

En 1995 recibió el premio *Bustar Viejo*, de Madrid, España, por su cuento *Legalidad Post Mortem*.

Cuentos suyos han aparecido en las antologías "Cuentos de la Remota Novedad", "Los muchachos se divierten", "Diana", "Fábulas de ángeles", "Antología del cuento espirituano", "Punto de partida", y en diferentes revistas como Bohemia, El Caimán Barbudo, Letras Cubanas, Casa de las Américas, entre otras. Otros textos han sido publicados en México, Rusia, Venezuela, Argentina y España. En 1998 la Editorial Norma, Colombia, publicó su novela juvenil *María Virginia, mi amor* (finalista del *Premio Norma-Fundalectura*); y en el 2001, su novela *Las raíces del tamarindo*, fue finalista del *Premio EDEBÉ*, y publicada por dicha editorial en Barcelona. En el 2003 la Editorial Plaza Mayor, de Puerto Rico reeditó *María Virginia está de vacaciones*. En el 2009 salió *Mañana es Navidad* por la editorial Iduna de Miami (reeditada en el 2011 por Eriginal Books), y *María Virginia mi amor* por Gente Nueva, La Habana. En el 2010 salió, también por Gente Nueva, *María Virginia está de vacaciones*. La misma editorial publicó también en el 2012 *El beso de Susana Bustamante*, y la editorial El Barco Ebrio, de España reeditó *Las raíces del tamarindo*.

Actualmente reside en Miami, Estados Unidos.

# Sobre la ilustradora

## daniela violi

**Daniela Violi** es comunicadora social de la Pontificia Universidad Javeriana de Bogotá, especializada en imagen y educación. En la Academia de Bellas Artes de Carrara (Italia) aprendió a crear y elaborar proyectos editoriales.

Hija de inmigrantes italianos nacida en Barranquilla, Colombia, ha trabajado para Italia, Colombia, España, Costa Rica, Estados Unidos, Chile y Argentina colaborando en editoriales como Editorial Norma, Farben, Panamericana, Ediciones Gamma, Pearsons, il Pensiero Scientifico editore, La Studenteria, Publicaciones Claretianas, Parangona y MTM editores, los periódicos El Tiempo y El Heraldo, entidades como Unicef y Club Emas y revistas como Diners, Dini, Fucsia, Care, Ospedale pediátrico Bambin Gesú y Sagarana.

Elaboró el material de ecología urbana infantil para el Ayuntamiento de Bogotá de 1997 al 2001 publicando *Bogotá para niños*, *Mario el veterinario* y *Una Mirada al Cielo*. En el 2005 realizó el dossier de "Patrimonio cultural para niños" para el Ministerio de Cultura y en el 2010, para Presidencia de la República colombiana y *Homecenter*, la cartilla del Bicentenario de Independencia.

En el 2001 junto a la psicóloga María Elena López publicaron en Latinoamérica *Como criar niños en tiempos difíciles - guía de valores para la familia* (Editorial Norma) - y llevaron una sección de crecimiento y educación para padres en la revista *Carrusel*. Desde 1996 colaboran en la revista infantil *Dini* de Colombia con la sección de autoestima para niños, *Cuenta conmigo*.

Actualmente vive en Barcelona donde reparte su tiempo entre talleres de alquimia de talentos, ecología urbana y autoestima sostenible a través del desarrollo en la expresión artístico-lúdica y las habilidades sociales y la elaboración integral de material didáctico impreso.

Con MTM Editores de Barcelona publicó los libros *Princesas para princesas* y *Aventuras para aventureros*, ahora también el *Latinoamérica* con Vergara y Riba editoras.

En el 2011 ilustró para el Ayuntamiento de Barcelona el *Abecedario de la Barceloneta* con textos de Anna Manso.

El 14 de marzo de 2010, el programa de RTVE de la Dos, Babel, la entrevistó bajo el título "Daniela Violi: un mundo de colores"

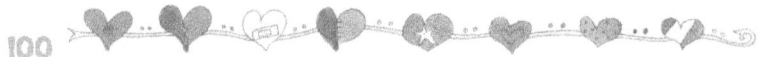

## El Blog de Daniela Violi

http://elefectomariposaamarilla.blogspot.com

www.ingramcontent.com/pod-product-compliance
Lightning Source LLC
Chambersburg PA
CBHW070802120626
46557CB00002B/690